Cartagena
30.Oct.09

BESTSELLER

Milena Agus nació en Génova y vive en Cagliari (Cerdeña), donde es profesora de Literatura italiana e Historia en un instituto de formación profesional. Es también autora de las novelas *Mentre dorme il pescecane* (2005), *Las alas de mi padre* (2008) y *Mientras duerme el tiburón* (2009).

MILENA AGUS

Mal de piedras

Traducción de
Celia Filipetto

DEBOLSILLO

Título original: *Mal di pietre*

Primera edición: septiembre, 2009

Printed in Spain – Impreso en España

ISBN: 978-84-9908-045-1
Depósito legal: B-27187-2009

Fotocomposición: Fotocomp/4, S. A.

Impreso en Novoprint, S. A.
Energía, 53. Sant Andreu de la Barca (Barcelona)

P 8 8 0 4 5 1

Mal de piedras

Si no he de conocerte nunca, haz al menos que te extrañe.

Lo piensa un soldado en la película
La delgada línea roja
[de Terrence Malick]

1

Abuela conoció al Veterano en el otoño de 1950. Era la primera vez que salía de Cagliari para ir al Continente. Iba a cumplir cuarenta años y no había tenido hijos porque su mal de piedras[1] la hacía abortar en los primeros meses. Y así, con su sobretodo de corte recto, los zapatos altos con cordones y la maleta del marido –de cuando se había refugiado en el pueblo–, la mandaron al Balneario para curarse.

[1] Salvo que se indique otra cosa, en sardo en el original. *Su mali de is perdas*, es decir, el mal de piedra o cálculos renales.

2

Se había casado tarde, en junio de 1943, tras los bombardeos de los americanos sobre Cagliari, y por aquel entonces tener treinta años sin haber contraído matrimonio era casi casi como ser solterona. No es que fuese fea ni que le faltaran pretendientes, al contrario. La cuestión es que llegaba un momento en el que los pretendientes espaciaban las visitas, y después no se les volvía a ver el pelo, siempre sin haber solicitado antes oficialmente su mano a mi bisabuelo. «Mi querida señorita: Causas de fuerza mayor me impiden el próximo miércoles y el siguiente ir a visitarla,[2] cosa que me resultaría sumamente

[2] *de fai visita a fustetti.*

grata pero, por desgracia, imposible.» Entonces abuela esperaba el tercer miércoles, pero siempre se presentaba una muchachita[3] con una carta en la que se volvía a aplazar la cita, y luego nada más.

Mi bisabuelo y las hermanas de abuela la querían de todos modos, tal como era, casi casi solterona, pero mi bisabuela no, la trataba siempre como si no fuese de su propia sangre y decía que ella sabía por qué.

Los domingos, cuando las muchachas iban a misa o a pasear por la avenida del brazo de sus novios, abuela se recogía en un moño el pelo, que todavía conservaba espeso y negro cuando yo era niña y ella ya una anciana, imagínate entonces, y se iba a la iglesia a preguntar a Dios por qué, por qué era tan injusto como para negarle que conociera el amor, que es la cosa más

[3] *pipiedda*.

bonita, la única por la que vale la pena vivir una vida en la que te levantas a las cuatro de la mañana para hacer las tareas de la casa y después vas al campo y después a la escuela de bordado, qué aburrimiento, y después a la fuente con el cántaro en la cabeza a buscar agua para beber y después una de cada diez noches la pasas en vela haciendo el pan y después sacas agua del pozo y después tienes que dar de comer a las gallinas. Entonces, si Dios no quería permitirle que conociera el amor, que la matara como fuese. Cuando se confesaba, el cura le decía que esos pensamientos eran un pecado gravísimo y que en el mundo hay muchas otras cosas, pero a abuela las otras cosas no le importaban nada.

Un día mi bisabuela la esperó con la manguera que usaban para regar el patio y empezó a pegarle; le pegó tanto que le salieron llagas hasta en la cabeza y le subió la fiebre. Se había enterado por los rumores que corrían en el pueblo de que los pretendientes se marchaban porque abuela les escribía ardientes poemas de amor que también aludían a cosas sucias y que su hija estaba enfangando no solo su buen nombre, sino el de toda la familia. Y siguió golpeándola una y otra vez, gritándole: «¡Demonio! ¡Demonio!»,[4] y maldiciendo el día en que la habían mandado a primer grado y había aprendido a escribir.

[4] *Dimonia! Dimonia!*

3

En mayo de 1943 llegó al pueblo mi abuelo, con más de cuarenta años y un trabajo en las oficinas de las salinas de Cagliari. Había sido dueño de una casa preciosa en la calle Giuseppe Manno, justo al lado de la iglesia de San Giorgio y Santa Caterina, una casa con vistas a los tejados de la Marina y al mar. Después de los bombardeos del 13 de mayo, de esta casa, de la iglesia y de muchas otras cosas no quedó más que un agujero con un montón de escombros. La familia de abuela acogió a este hombre de bien, al que no habían llamado a filas por ser ya mayor, viudo desde hacía muy poco, y evacuado con apenas una maleta prestada y unas pocas pertenencias rescatadas de los escombros.

Llegó para comer y dormir gratis. En el mes de junio pidió la mano de abuela y se casaron. El mes antes de la boda, ella se pasó casi todos los días llorando. Se arrodillaba a los pies de mi bisabuelo y le rogaba que dijera que no, que se inventara que se había prometido con alguien que estaba en la guerra. Y si en casa ya no la aceptaban, estaba dispuesta a todo, a irse a Cagliari, a buscarse un trabajo.

«¡De Cagliari se vienen para acá, hija mía, y tú quieres irte para allá! En la ciudad ya no queda nada. ¡Está loca... –gritaba mi bisabuela– loca de remate! ¡Quiere irse a la ciudad a trabajar de puta, lo único de lo que puede trabajar, porque no sabe hacer nada como está mandado, tiene la cabeza llena de viento desde que era pequeña!»[5]

[5] *«De Cagliari bèninti innòi, filla mia, e tui bòlisi andai ingúni! Non c'esti prus núdda in sa cittàdi. Màcca esti! Macca schetta! In sa cittadi a fai sa baldracca bòliri andai, chi scetti kussu pori fai, chi non sciri fai nudda cummenti si spettada, chi teniri sa conca prena de bentu, de kadnu fiada pitíca!»*

No les habría costado nada inventarse un novio en el frente: en los Alpes, en Libia, en Albania, en el Egeo, o quizá embarcado en la Marina Real. No les habría costado nada, pero mis bisabuelos, ni caso. Entonces ella misma se lo dijo, que no lo quería y que jamás iba a ser una verdadera esposa. Abuelo le contestó que no se preocupara. Que él tampoco la quería, suponiendo que los dos supieran de qué estaban hablando. En cuanto a eso de ser una verdadera esposa, lo entendió a la perfección. Seguiría visitando la Casa de Citas del barrio de la Marina, como había hecho siempre desde que era muchacho, y nunca había pescado ninguna enfermedad.

A Cagliari no volvieron hasta 1945. De modo que los abuelos durmieron como hermanos en el cuarto de invitados: la alta cama de hierro con taraceas de nácar, de una plaza y media, el cuadro de la Virgen y el Niño, el reloj bajo la campana de cristal, el lavabo con el cántaro y la palangana, el espejo con una flor pintada y el orinal de porcelana debajo de la cama. Cuando vendieron la casa del pueblo, abuela se llevó esas cosas a la calle Giuseppe Manno, quería que su habitación fuera igualita a la de su primer año de casada. Pero en la casa del pueblo los dormitorios recibían luz y aire solo desde la galería,[6] en cambio aquí, en la calle Manno, entra la luz del sur y del mar, que te invade, impetuosamente, hasta la puesta de sol, haciendo brillar todas las cosas. Siempre le tuve mucho cariño a esta habitación, y cuando era niña, abuela me dejaba entrar únicamente si había sido buena, y nunca más de una vez al día.

Durante aquel primer año de casada, abuela enfermó de malaria. La fiebre le subía a más de cuarenta y abuelo era quien se ocupaba de cui-

[6] *lolla.*

darla, se quedaba sentado horas y horas y comprobaba que el paño de la frente no se calentara, y si a abuela le ardía tanto la frente que había que mojar el paño en agua helada, él iba y venía, y día y noche se oía el chirrido de la garrucha del pozo.

Uno de esos días, el 8 de septiembre, fueron corriendo a contarle lo que habían oído en la radio, que Italia había solicitado el armisticio y la guerra había terminado. Pero según abuelo no había terminado en absoluto y solo cabía esperar que el comandante general Basso dejara marchar a los alemanes de Cerdeña sin heroísmos inútiles. Basso debía de pensar igual que abuelo, porque los treinta mil hombres de la Panzerdivision del general Lungerhausen partieron tranquilamente sin matar a nadie, y por ese motivo Basso fue detenido y juzgado, pero mientras tanto los sardos se habían salvado. No como en el Continente. Y abuelo y el comandante general tenían razón, porque después bastó con escuchar Radio Londres, que en varias ocasiones se refirió a las protestas de Badoglio porque los soldados y oficiales apresados en el frente por los alemanes eran masacrados. Cuando abuela se curó le dijeron que de no haber sido por su marido la habría devorado la fiebre, y le contaron lo del armisticio y el cambio de alianzas, y ella, con una maldad que no se perdonó nunca, se encogió de hombros como diciendo: «A mí qué me importa».

Por las noches, en la cama alta, abuela se acurrucaba lo más lejos posible de él, tanto que a menudo se caía al suelo, y en las noches de luna, cuando la luz se filtraba por los postigos de las puertas que daban a la galería e iluminaba la espalda de su marido, a ella casi le daba miedo aquel extraño forastero, del que no sabía si era guapo o no, total, ni lo miraba, total, él tampoco la miraba a ella. Si abuelo dormía profundamente, ella hacía pis en el orinal que estaba debajo de la cama; de lo contrario, bastaba con que él hiciese un movimiento aunque fuera imperceptible para que ella se pusiera el chal, saliera de la habitación y cruzara el patio, lloviera o tronara, y usara el retrete que había justo al lado del pozo. Por lo demás, abuelo nunca intentó acercarse a ella, porque también se quedaba agarrotado al otro lado de la cama, corpulento como era, y en más de una ocasión se cayó al suelo, y los dos andaban siempre llenos de moretones. Cuando estaban a solas, es decir, únicamente en el dormitorio, no se hablaban nunca. Abuela rezaba sus oraciones de la noche, abuelo no, porque era ateo y comunista. Después, uno de los dos decía:

–Que duerma usted bien.

–Lo mismo digo –contestaba el otro.

Por las mañanas, mi bisabuela quería que su hija le preparara el café a abuelo; el café de entonces, a base de garbanzos y cebada tostados en la chimenea con un utensilio especial y después molidos.

–Llévele el café a su marido –y entonces abuela ponía la tacita violeta con filetes dorados sobre la bandeja de cristal con motivos florales, la dejaba allí, al pie de la cama, y salía corriendo, como si acabara de dejarle la escudilla a un perro rabioso, y esto tampoco se lo perdonó en la vida.

Abuelo ayudaba en las tareas del campo y aguantaba bien, aunque fuese de ciudad y se hubiese pasado la vida estudiando y trabajando en una oficina. A menudo hacía también el trabajo de su mujer, que ya por entonces tenía cólicos renales cada vez más frecuentes, y a él le parecía algo tremendo que una mujer se tuviera que ocupar de esos trabajos del campo tan pesados o volver de la fuente con el cántaro lleno de agua sobre la cabeza; eso sí, por respeto a la familia que le daba cobijo, estas cosas las decía en general refiriéndose a la sociedad sarda del interior, porque en Cagliari era distinto, la gente no se ofendía por naderías y no lo criticaba todo, sin piedad alguna. A lo mejor era por efecto del aire del mar, que hacía a la gente más libre, por lo menos desde ciertos puntos de vista, aunque no el de la política, porque los cagliaritanos eran unos burgueses que nunca tenían ganas de luchar por nada.

Por lo demás, todos escuchaban Radio Londres, menos abuela, a la que el mundo le importaba un pimiento. En la primavera de 1944 supieron que en el norte de Italia había seis millones de huelguistas, que en Roma habían matado a treinta y dos alemanes, y que, en represalia, tras hacer un peinado habían acabado fusilando a trescientos veinte italianos, que la VIII Armada estaba preparada para una nueva ofensiva y que a primeras horas de la mañana del 6 de junio los aliados habían desembarcado en Normandía.

4

En noviembre, Radio Londres anunció que iban a suspenderse las operaciones militares en el frente italiano y se recomendaba a los partisanos del norte de Italia que se tomaran su tiempo y usaran sus energías solo para acciones de sabotaje.

Abuelo dijo que la guerra continuaría y que no podía seguir de huésped indefinidamente, y así fue como se vinieron a Cagliari.

Fueron a vivir a la calle Sulis, a una habitación amueblada que daba a un patio de luces, con la cocina y el baño compartidos con otras familias. Aunque nunca les había preguntado nada a sus vecinas, abuela se enteró por ellas de lo que le había ocurrido a la familia de abuelo, aniquilada aquel 13 de mayo de 1943.

Aquella maldita tarde toda su familia, menos él, estaba en casa porque era su cumpleaños. La esposa, una mujer un tanto fría y feúcha[7] que no daba confianza a nadie, justo ese día, en plena guerra, había hecho un pastel y los había reunido a todos. Vete a saber desde cuándo había empezado a comprar los ingredientes en el mercado negro,[8] el azúcar gramito a gramito, pobrecita, pobrecitos todos. No se sabía cómo había pasado, la cuestión es que al sonar la alarma ellos no habían salido de la casa para correr al refugio subterráneo de los jardines públicos, pero la explicación más absurda, y en el fondo la única posible, es que el pastel estuviese a medio hornear, o estuviera leudando, y no quisieran perderlo, aquel pastel maravilloso en una ciudad muerta. Menos mal que no habían te-

[7] *leggixedda.*

[8] *sa martinicca*, así lo llamaban en Cagliari.

nido hijos, decían las vecinas; uno se olvida de la esposa, la madre, las hermanas, los cuñados y los sobrinos, y abuelo había olvidado deprisa y se entendía por qué, bastaba con ver lo hermosa que era su segunda mujer. Él siempre había sido un hombre alegre, impetuoso, un donjuán de esos a los que en 1924, cuando era jovencito, los fascistas habían puesto en su sitio obligándolos a tomar aceite de ricino; después, él siempre se reía y bromeaba sobre aquel episodio, y parecía capaz de sobrevivir a todo. Buen comedor, buen bebedor, buen cliente de la Casa de Citas; su mujer ya estaba enterada, la pobre, quién sabe cuánto habría sufrido, ella que se escandalizaba por todo y que seguramente nunca dejó que el marido la viera desnuda; total que nadie entendía cómo esos dos habían acabado emparejándose.

Eso sí, abuela era una mujer mujer, seguramente como la que él había deseado siempre, con dos buenas tetas, firmes, una abundante cabellera negra y... qué ojazos..., y encima era afectuosa y quién sabe cuánta pasión había entre marido y mujer y cómo habría sido el flechazo para que se casaran en un mes. Lástima que le dieran esos feos cólicos, pobrecita, ellas la querían mucho, podía entrar en la cocina cuando se sintiera algo recuperada, incluso fuera del horario, aunque ya hubiesen recogido y limpiado, no importaba.

Abuela fue amiga de las vecinas de la calle Sulis durante toda su vida y la de ellas. No tuvieron ni una sola disputa, lo cierto es que ni siquiera hablaban demasiado, pero se hacían compañía, día tras día, según vinieran dadas. En la época de la calle Sulis se reunían todas en la cocina a lavar los platos, y mientras una enjabonaba, la otra enjuagaba y una tercera secaba la vajilla, y si abuela se sentía mal, ningún problema, también lavaban sus platos, pobrecita.[9] Gracias a sus vecinas y a los maridos de estas, abuela siguió las últimas etapas de la guerra. En la helada cocina de la calle Sulis, con los pies enfundados en dos o tres pares de calcetines remendados y las manos debajo de las axilas, escuchaban Radio Londres.

Los maridos, todos comunistas, apoyaban a los rusos, que el 17 de enero de 1945 ocuparon Varsovia, el 28 estaban a ciento cincuenta kilómetros de Berlín, mientras que, a primeros de marzo, los aliados ocupaban Colonia, y a esas alturas, según Churchill, su avanzada y la retirada de los alemanes eran cuestión de días. A finales de marzo Patton y Montgomery cruzaron el Rin precipitando la derrota de los alemanes.

El 13 de mayo, día del cumpleaños de abuelo, la guerra había terminado y todos eran felices,

[9] *mischinedda*.

pero para abuela aquellas avanzadas y retiradas y victorias y derrotas no representaban nada. En la ciudad no había agua, ni alcantarillado, ni luz eléctrica, por no haber casi no había para comer, solo latas de sopa de los americanos, y lo que se encontraba costaba hasta un trescientos por ciento más, pero cuando las vecinas se juntaban para lavar los platos reían por cualquier tontería,[10] y también cuando iban a misa, a San Antonio, a Santa Rosalía o a las Capuchinas, reían siempre, por la calle, tres delante y tres detrás, con sus vestidos vueltos. Abuela hablaba poco, pero siempre iba con ellas y los días pasaban volando y le gustaba que en Cagliari las vecinas no fueran tan dramáticas como en el pueblo; si algo no iba bien decían: «¡Qué más da!»,[11] y si, por ejemplo, se caía un plato y se rompía, aunque eran muy pobres, se encogían de hombros y recogían los pedazos. En el fondo estaban contentas de ser pobres, mejor

[10] *sciollorio.*

[11] *Ma bbai!*

que tener dinero como muchos que en Cagliari habían hecho verdaderas fortunas con las desgracias ajenas, en el mercado negro o robando entre los escombros antes de que llegaran los pobres desgraciados a recuperar sus cosas. ¡Al fin y al cabo estaban vivas, y no es poco...![12] Abuela pensaba que quizá se debiera al mar y al cielo azul, y a la inmensidad que se veía desde los bastiones, con el maestral soplando; era todo tan infinito que no podías pararte a pensar en tu vida que era tan poquita cosa.

Pero no expresó nunca estas ideas, digamos poéticas, porque tenía pánico de que ellas también se dieran cuenta de que estaba loca. Lo escribía todo en su cuadernito negro de bordes rojos y luego lo escondía en el cajón de las cosas secretas junto con los sobres de dinero, en los que ponía: «Comida», «Medicamentos», «Alquiler».

[12] *mi naras nudda!*

5

Una noche, antes de sentarse en el sillón descuajeringado junto a la ventana que daba al patio de luces, abuelo fue hasta su maleta de refugiado a buscar la pipa, se sacó del bolsillo la bolsita de tabaco recién comprado y, por primera vez desde aquel mes de mayo de 1943, se puso a fumar.

Abuela acercó el taburete, se sentó y se lo quedó mirando.

–Así que fuma usted en pipa. Nunca había visto a nadie fumar en pipa.

Y estuvieron todo el rato en silencio. Cuando abuelo terminó, ella le dijo:

–No debe gastar más dinero en las mujeres

de la Casa de Citas. Ese dinero tiene usted que usarlo para comprarse tabaco y relajarse fumando su pipa. Explíqueme lo que hace con esas mujeres que yo lo haré todo igual.

6

En la época de la calle Sulis sus cólicos renales eran espantosos y siempre parecía al borde de la muerte. Seguramente por eso no conseguía tener hijos, ni siquiera cuando ya contaban con algo más de dinero y daban un corto paseo por la calle Manno para ver las ruinas donde confiaban en poder reconstruir un día su casa y por eso ahorraban muchísimo. Sobre todo les gustaba ir a ver el agujero cuando abuela se quedaba embarazada, lástima que todas las piedras que ella llevaba dentro terminaran siempre transformando la alegría en dolor y sangre por todas partes.

Hasta 1947 hubo hambre, y abuela recordaba lo feliz que era cuando iba al pueblo y volvía cargada de paquetes, entonces subía las escaleras a todo correr y luego entraba en la cocina, donde olía a coles porque desde el patio de luces no entraba mucho aire que digamos, y ponía sobre la mesa de mármol hasta dos panes *civraxiu*, pasta fresca, queso, huevos y una gallina para el caldo, y aquellos ricos aromas tapaban el olor a coles mientras las vecinas la agasajaban y le decían que era tan hermosa porque era buena.

En aquellos días era feliz aunque no conociera el amor, feliz por las cosas del mundo aunque abuelo no la tocara nunca salvo cuando ella le ofrecía las prestaciones de la Casa de Citas, y en la cama seguían durmiendo cada uno arrimado a su orilla, poniendo cuidado de no rozarse, y se despedían con un...

–Que duerma usted bien.

–Lo mismo digo.

Los momentos más bonitos venían después de las prestaciones, cuando abuelo encendía la pipa en la cama y se notaba que estaba a gusto por la cara que ponía y abuela lo miraba desde su lado, y si ella le sonreía, él le decía: «¿De qué te ríes?». Pero no es que después dijera algo más, o que la atrajera hacia él, no, la mantenía a distancia. Y abuela siempre pensaba: Sí que es raro el amor, si no quiere llegar, no llega ni con la cama, ni con la amabilidad y las buenas maneras, y lo más raro de todo era que no hubiese forma humana de conseguir que esa cosa tan importante apareciera.

7

En 1950 los médicos le recetaron una cura de aguas termales. Le dijeron que se fuera al Continente, a las más famosas, donde había sanado tanta gente. Y así, abuela dejó como nuevo el sobretodo gris de corte recto, con tres botones, el mismo que llevó en la boda y que vi en sus escasas fotos de esos años, bordó dos camisas, metió todo en la maleta de refugiado de abuelo y partió en barco rumbo a Civitavecchia.

El Balneario se encontraba en un lugar más bien feo, sin sol, y desde el autobús que la llevó de la estación al hotel no se veían más que colinas color tierra, árboles espectrales rodeados de algún matojo de hierba alta, y hasta la gente que iba en el autobús le pareció enferma y sin color. Cuando empezaron a aparecer los castañares y los hoteles, le pidió al chófer que le indicara la parada del suyo y se estuvo un buen rato delante de la entrada sin decidirse a salir corriendo o no. Bajo aquel cielo lleno de nubes, todo era tan raro y tétrico que creyó encontrarse en el Más Allá, porque solo la muerte podía tener aquel aspecto. El hotel era muy elegante, con arañas de cristal, todas encendidas, incluso a primera hora de la tarde. En su habitación vio enseguida el escritorio debajo de la ventana, y quizá eso fue lo único por lo que no salió corriendo de vuelta a la estación para tomar el barco y regresar a casa, por más que abuelo se enojara mucho, y con razón. Ella nunca había tenido un escritorio, y para escribir nunca había podido sentarse a una mesa, porque siempre lo hacía a escondidas, con el cuaderno sobre el regazo, y en cuanto oía acercarse a alguien, lo ocultaba. Sobre el escritorio había una carpeta de piel llena de papel con membrete, un tintero, una pluma con su plumilla y papel secante. Entonces, lo primero que hizo abuela, incluso antes de quitarse el abrigo, fue sacar de la maleta su cuaderno y colocarlo, con mucha ceremonia, sobre el escritorio, dentro de la carpeta de piel; después cerró bien la puerta con llave por miedo a que alguien entrase de repente y viese lo que había escrito en el cuaderno, por último se sentó en la enorme cama de matrimonio y esperó a que llegara la hora de la cena. En el comedor había muchas mesas cuadradas con mantel blanco de holanda, platos de porcelana blanca, cubiertos, copas brillantes y un ramillete de flores en el centro, y encima de cada una colgaba una bonita araña de cristal con todas las luces encendidas. Algunas mesas ya estaban ocupadas por personas que le parecieron almas del purgatorio, por su triste palidez y el vocerío contenido y confuso, pero todavía quedaban muchos sitios libres. Abuela eligió una mesa vacía y en las otras tres sillas puso el bolso, el sobretodo y la chaqueta de lana, y cuando pasaba alguien mantenía la cabeza gacha con la esperanza de que nadie se sentara a su lado. No tenía ganas de comer ni de curarse, porque, total, en el fondo presentía que no se curaría y que nunca podría tener hijos. Las mujeres normales, alegres, sin malos pensamientos, como las vecinas de la calle Sulis, esas eran las que tenían hijos. Los niños, en cuanto se daban cuenta de que estaban en el vientre de una loca salían corriendo, como habían hecho todos aquellos novios.

En el comedor entró un hombre con una maleta, seguramente acababa de llegar y a lo mejor ni siquiera había visto su habitación. Llevaba una muleta pero caminaba rápido y ágil. A abuela le gustó ese hombre como jamás le había gustado ninguno de los pretendientes a los que había escrito ardientes poemas y a los que había esperado de miércoles en miércoles. Tuvo entonces la seguridad de no encontrarse en el Más Allá, entre las almas del purgatorio, porque en el Más Allá no pasaban esas cosas.

Aunque su maleta era pobre, el Veterano vestía con mucha distinción, y pese a llevar muleta y una pierna de madera, era un hombre hermosísimo. Después de cenar, en cuanto llegó a su habitación, abuela se sentó enseguida al escritorio para describirlo con todo detalle, así, si no volvía a verlo más por el hotel, no había peligro de que se le olvidara. Era alto, moreno, de ojos profundos y piel suave, tenía el cuello esbelto, los brazos fuertes y largos y las manos grandes e ingenuas como las de los niños, la boca carnosa y bien dibujada a pesar de la barba corta, ligeramente rizada, la nariz levemente aguileña.

En los días siguientes se dedicó a mirarlo desde su mesa o en la galería adonde él iba a fumar sus cigarrillos Nazionali sin filtro o a leer, y ella a hacer aburridísimos bordados de punto de cruz para las servilletas. Siempre colocaba su silla un poco apartada de la de él, para no ser vista mientras contemplaba embobada la línea de su frente, la nariz afilada, la garganta descubierta, el cabello rizado en el que asomaban las primeras hebras blancas, su conmovedora delgadez bajo la camisa almidonada, de un blanco inmaculado, con las mangas arremangadas, los brazos fuertes y las manos buenas, la pierna rígida dentro de los pantalones, los zapatos viejos pero lustrados a la perfección, daban ganas de echarse a llorar por la dignidad de aquel cuerpo ultrajado y, pese a todo, todavía inexplicablemente fuerte y bello.

Más tarde hubo también días de sol y todo parecía distinto, los castaños dorados, el cielo azul, y en la galería, adonde el Veterano iba a fumar o a leer y abuela a hacer como que bordaba, había mucha luz.

Él se levantaba e iba a observar las colinas tras los cristales y se quedaba pensativo, y después, cada vez que se daba la vuelta para sentarse otra vez, la miraba y le sonreía con una sonrisa luminosa que a mi abuela le gustaba tanto que casi le hacía daño y la emoción le duraba el día entero.

Una noche el Veterano pasó delante de la mesa de abuela y por un momento dudó si sentarse o no, entonces ella apartó el sobretodo y el bolso para dejarle sitio a su lado, y él se sentó y se sonrieron mirándose a los ojos y esa noche no comieron ni bebieron nada. El Veterano padecía la misma enfermedad que abuela y sus riñones también estaban llenos de piedras. Había hecho toda la guerra. De jovencito leía siempre las novelas de Salgari y se había alistado como voluntario en la Marina, le gustaban el mar y la literatura, sobre todo la poesía, que lo había sostenido en los momentos más difíciles. Al finalizar la guerra había terminado la licenciatura y desde hacía poco se había mudado de Génova a Milán, donde enseñaba italiano y trataba por todos los medios de no aburrir a los alumnos; vivía en el entresuelo de un edificio con balconada, en dos habitaciones completamente blancas donde no había nada del pasado. Se había casado en 1939 y tenía una niña que cursaba primer grado y estaba aprendiendo las letras del alfabeto y a hacer grecas, según la costumbre de entonces, unos dibujos como los que abuela bordaba en las servilletas, pero en un cuaderno cuadriculado, y con las grecas componía orlas en las hojas. A su niña le encantaba la escuela, el olor de los libros y de las papelerías. Le encantaba la lluvia y le gustaban los paraguas, le habían comprado uno multicolor, como las sombrillas de playa, en esa época en Milán llovía siempre, pero no importaba el tiempo que hiciera, la niña lo esperaba sentada en los escalones de la casa o saltando en el gran patio interior al que daban los apartamentos menos señoriales, además, en Milán había niebla, pero abuela no tenía ni idea de lo que era y el modo en que se la describió le hizo pensar en un paisaje del Más Allá. Pero abuela, de niños, nada. Seguramente por culpa de esas piedras en los riñones. A ella también le había gustado muchísimo estudiar, pero la sacaron de la escuela cuando hacía cuarto de primaria. El maestro había ido a su casa para pedir que enviaran a la niña al instituto de segunda enseñanza, o por lo menos a los cursos preparatorios, porque escribía bien, pero a los padres les dio mucho miedo verse en cierto modo obligados a dejarla continuar sus estudios, así que la hicieron quedar en casa y al maestro le dijeron que él no tenía idea de los problemas de la familia y le pidieron que no volviera nunca más. Claro que ella ya había aprendido a leer y escribir y llevaba toda la vida escribiendo a escondidas. Poemas. Acaso pensamientos. Cosas que le ocurrían, pero un poquito inventadas. Nadie debía enterarse porque a lo mejor la tomaban por loca. Ella se lo estaba contando porque de él se fiaba aunque lo conociera desde hacía menos de una hora. El Veterano se entusiasmó y le hizo prometer solemnemente que no debía avergonzarse y que debía darle permiso para leerlos, si es que tenía algunos para enseñarle, o que se los recitara, y le dijo que en su opinión los que estaban locos eran los demás y no ella. Él también tenía una pasión: tocar el piano. Había tenido piano desde niño, era de su madre, y cada vez que regresaba de permiso tocaba durante horas y horas. Lo más que llegó a tocar fueron los *Nocturnos* de Chopin, pero después, al volver de la guerra, ya no encontró el piano y no tuvo valor para preguntarle a su mujer adónde había ido a parar. Ahora se había comprado otro y sus manos habían empezado a recordar.

Allí, en el Balneario, echaba mucho de menos su piano, pero eso era antes de hablar con abuela, porque hablar con ella y verla reír o incluso entristecerse y observar cómo se le soltaba el pelo cuando gesticulaba, o admirar la fina piel de sus muñecas y el contraste con sus manos agrietadas, era como tocar el piano.

A partir de aquel día, abuela y el Veterano no se separaron nunca, solo a regañadientes, cuando tenían que ir a hacer pis, y no les importaban nada los chismorreos, a él porque era del norte, a abuela menos todavía, aunque fuera sarda.

Por la mañana se encontraban en el comedor del desayuno, el que llegaba primero comía despacio así le daba al otro tiempo a llegar, y todos los días abuela tenía miedo de que el Veterano pudiera haberse marchado sin avisarle, o de que se hubiese cansado de su compañía y tal vez cambiara de mesa y pasara delante de ella con un frío gesto a modo de saludo, como todos aquellos hombres de los miércoles de hacía tantos años. Nada de eso, él siempre elegía su misma mesa, y si ella llegaba después, se veía a las claras que la estaba esperando, puesto que tomaba una tacita de café sin nada más y abuela lo encontraba allí, todavía sentado, delante de la tacita vacía. El Veterano se aferraba de golpe a la muleta y se levantaba como para saludar a su capitán, inclinaba ligeramente la cabeza y decía:

–Buenos días, princesa –y mi abuela se reía, emocionada y feliz.

–¿Princesa de qué?

Después la invitaba a acompañarlo a comprar el diario, que él leía todos los días, como abuelo, con la diferencia de que abuelo lo leía por su cuenta, en silencio, en cambio el Veterano se sentaba a su lado en un banco y le leía en voz alta algunos artículos y le pedía su parecer, y no importaba que él tuviera estudios universitarios y abuela apenas el cuarto grado, se notaba que él le daba mucha importancia a sus ideas. Por ejemplo, le preguntaba sobre la Cassa per il Mezzogiorno,[13] ¿qué decían los sardos? ¿Y de la guerra de Corea, qué opinión tenía abuela? ¿Y sobre lo que pasaba en China? Abuela se hacía explicar bien el asunto y después expresaba su parecer, y cuidadito con renunciar a las noticias de cada día, a su cabeza que durante la lectura tocaba la del Veterano, tan cerca estaban que habría bastado apenas esto para que se besaran.

Y después él decía:

[13] Entidad constituida en 1950 para financiar obras de infraestructura en la zona meridional de Italia. *(N. de la T.)*

–¿Por dónde volvemos hoy al hotel? Proponga usted un trayecto que le guste.

Entonces tomaban siempre un camino distinto, y cuando el Veterano veía que abuela estaba distraída y se detenía en mitad de la calle, así, de repente, para mirar la fachada de un hotel, o las copas de los árboles, o vete a saber qué, como fue su costumbre casi hasta la vejez, le ponía la mano sobre los hombros y, presionando levemente, la dirigía hacia un costado de la calle.

–Una princesa. Tiene usted la actitud de una princesa. No se preocupa del mundo a su alrededor, es el mundo el que debe preocuparse de usted. Su único deber es existir. ¿No es así?

Y esta fantasía divertía a abuela, futura princesa de la calle Manno y ahora de la calle Sulis y antes del Campidano.

Sin una cita concreta, iban a desayunar cada día más temprano y así disponían de más tiempo para leer el diario muy juntitos, en el banco, y para el paseo durante el cual el Veterano siempre se veía obligado a ponerle la mano sobre los hombros para hacerla cambiar de dirección.

Un día, el Veterano pidió a abuela que le dejara verle los brazos enteros, y cuando ella se arremangó la camisa, se quedó abstraído mientras con el índice le recorría las venas a flor de piel.

–Una belleza, eres una verdadera belleza –dijo tuteándola–. ¿Y por qué tienes todos esos cortes?

Abuela contestó que se los había hecho trabajando en el campo.

–Pero parecen hechos con el filo de un cuchillo.

–Cortamos muchas cosas. El trabajo del campesino es así.

–¿Y por qué en los brazos y no en las manos? Parecen hechos a propósito, son limpios.

Ella se quedó callada y él le tomó la mano y se la besó, le besó todos los cortes de los brazos y con un dedo recorrió el perfil de su rostro, «una belleza –repetía–, una belleza».

Entonces ella también tocó a aquel hombre al que había observado durante días desde su silla en la galería, lo tocó con delicadeza, como habría hecho con la escultura de un gran artista, el pelo, la piel suave del cuello, la tela de la camisa, los brazos fuertes y las manos buenas de niño, la pierna y el pie de madera dentro de los zapatos recién lustrados.

La niña del Veterano no era hija suya. En 1944 él ya era prisionero de los alemanes cuando se replegaron hacia el este. En realidad, su niña era hija de un partisano, junto al que su mujer había luchado y al que habían matado en un combate. El Veterano amaba a su pequeña y no quiso saber nada más.

Se había marchado en 1940 a bordo del acorazado *Trieste*, sufrió dos o tres naufragios, lo hicieron prisionero en 1943, lejos de la costa de Marsella, y lo internaron en el campo de concentración de Hinzert hasta 1944, la pierna la perdió en la retirada del invierno de 1944; cuando los aliados los alcanzaron, él todavía conseguía arrastrarse y un médico americano tuvo que amputársela para salvarle la vida.

Estaban sentados en un banco; abuela le tomó la cabeza entre las manos, la apoyó contra su corazón, que latía enloquecido, y se desabrochó los primeros botones de la camisa. Él le acarició el pecho con una sonrisa en los labios.

–¿Dejamos que nuestras sonrisas se besen? –le preguntó abuela, y entonces se dieron un beso terso, infinito, y el Veterano le contó luego que esa misma idea de las sonrisas que se besan la había tenido Dante en el canto V del «Infierno», para Paolo y Francesca, dos que se amaban y no podían.

Como el piano del Veterano, la casa de abuela también iba a renacer de los escombros: estaba en proyecto edificar una casita en el vacío enorme dejado por la iglesia de los santos

Giorgio y Caterina y la antigua casa del abuelo. Abuela estaba segura de que su casa iba a ser preciosa, llena de luz, desde las habitaciones se verían los barcos, las puestas de sol de color anaranjado y violeta y las golondrinas volando hacia África, y en la planta baja tendría un salón para fiestas, el jardín de invierno, con alfombra roja en las escaleras, y en la galería una fuente con surtidor. La calle Manno era hermosa, la más hermosa de Cagliari. Los domingos, el abuelo le compraba pastas en Tramer y los demás días, cuando quería darle gusto, le compraba pulpo en el mercado de Santa Chiara, y ella lo hacía hervido con aceite, sal y perejil. La mujer del Veterano ahora preparaba escalopes y *risotto*, pero los mejores platos eran siempre los genoveses: pesto con *trenette*, *cima* y tarta pascualina. En Génova, la casa del Veterano estaba cerca del hospital Gaslini, tenía un jardín con muchas higueras, hortensias, violetas, un gallinero, y él siempre había vivido allí. Ahora se la había vendido a una gente de bien que siempre les daban alojamiento cuando iban a Génova y les regalaban huevos frescos, y en verano tomates y albahaca para que se llevaran a Milán. Era una casa húmeda y vieja, pero el jardín era hermoso y las plantas la cubrían toda, lo único de valor allí dentro había sido el piano, que le venía por el lado de su madre, que era riquísima, pero se había enamorado de su padre, un *camallo*, un estibador del puerto, y por eso la echaron, y después de mucho tiempo lo único que le enviaron fue su piano. Cuando el Veterano era niño, su madre, especialmente en verano, después de cenar, porque en Génova la gente acostumbra a cenar temprano y luego sale, lo llevaba a menudo a ver desde fuera el palacete de los abuelos, que tenía un muro alto a lo largo de toda la calle hasta la verja grande, la casa del guardián a un costado y un paseo de palmeras, agaves y el jardín, con sus macizos de flores distribuidos geométricamente, que subía y subía hasta el enorme edificio, blanco como la leche, con terrazas en tres de las plantas, balaustrada de yeso y estucos color celeste cristalino dispuestos alrededor de las filas de ventanas, muchas de ellas iluminadas, y en lo alto, cuatro torrecillas.

Su madre le decía que a ella no le importaba nada de todo aquello, ella tenía el amor de su marido y el de su hijito,[14] y lo abrazaba con fuerza, y en las noches de verano genovesas había tantas luciérnagas que él a su madre la recordaba así.

La pobre murió cuando el Veterano no había cumplido todavía diez años y su padre no volvió a casarse, iba con las mujeres de la Casa de Citas de la calle Pre y así se había arreglado siempre, hasta que murió en los bombardeos, cuando todavía trabajaba en el puerto.

A lo mejor la niña del Veterano no era hija de un partisano. A lo mejor era hija de un alemán y su mujer no había querido contárselo para que

[14] *figeto* (en dialecto genovés).

no odiara a la hija de un nazi. A lo mejor ella se había visto obligada a defenderse. A lo mejor la había ayudado un soldado alemán. Se sabía con certeza que su mujer, que trabajaba en una fábrica, en marzo de 1943 había ido a la huelga para reclamar pan, paz y libertad, y que nunca le había perdonado el uniforme militar, aunque todos sabían que la Marina Real era fiel al rey, que en el fondo, apenas toleraba el fascismo, y de los alemanes, mejor no hablar, todos unos brutos, porque sus aliados deberían haber sido los ingleses y todos los hombres que embarcaban no compartían el fanatismo de aquel entonces, eran gente seria, reservada, con un gran sentido del sacrificio y del honor.

Su niña ya hablaba con acento milanés, y tenía un muñeco con el que jugaba a la mamá, una cocinita, una vajilla diminuta de porcelana y cuadernos con las primeras letras del abecedario y las grecas, le gustaba el mar que aparecía de repente después de un túnel cuando la llevaban a Génova en tren, y un año atrás, cuando se mudaron a Milán, había llorado mucho, y en la casa se iba al balcón y gritaba a los viandantes: «¡Génova! ¡Que me devuelvan mi Génova! ¡Quiero mi Génova!». Si era hija de un alemán, sería de un alemán bueno.

Abuela también pensaba lo mismo, aunque no entendiera de política, según ella no era posible que todos los alemanes invasores de Italia fueran malas personas. ¿Y los americanos que habían destruido Cagliari y prácticamente no habían dejado piedra sobre piedra? Su marido, que sí entendía de política y leía el diario todos los días y era un comunista inteligentísimo que también había organizado una huelga de los trabajadores de las salinas, decía siempre que no había una razón estratégica para haber destruido la ciudad de aquella manera, y sin embargo, todos los pilotos de los B17, las fortalezas voladoras, no podían ser malos, ¿no? Entre ellos también debía de haber buenas personas.

Ahora el vacío se llenaría con la casa de la calle Manno y el piano, y el Veterano abrazó a abuela y le susurró al oído los sonidos del contrabajo, la trompeta, el violín, la flauta. Sabía hacer la orquesta entera. Podía parecer cosa de locos, pero en las largas marchas en medio de la nieve, o cuando en el campo de concentración, para divertir a los alemanes, debía disputarle la comida a los perros, había aguantado precisamente gracias a esos sonidos que llevaba en la cabeza y a la poesía.

También le contó, siempre al oído, que algunos estudiosos sostienen que a Paolo y a Francesca los mataron en cuanto fueron descubiertos, mientras que otros dantistas creen que, antes de morir, gozaron durante un tiempo el uno de la otra. El verso «No leímos ya más desde ese instante» exige una interpretación. También le dijo a abuela que, si no tenía demasiado miedo del Infierno, ellos también podían amarse de la misma forma. Y abuela no le tenía ningún miedo al Infierno, faltaba más. Si Dios era de veras Dios, sabiendo cuánto había deseado el amor, cuánto había rezado para saber al menos lo que era, cómo iba ahora a mandarla al Infierno.

Y además, de qué Infierno hablaban, si incluso de vieja, cuando reflexionaba, sonreía al recordar aquella imagen de ella y el Veterano, y aquel beso. Y si estaba triste se alegraba pensando en la fotografía que llevaba grabada en la mente.

8

Cuando yo nací, mi abuela tenía más de sesenta años. Me acuerdo de que de pequeña me parecía hermosísima y me quedaba mirándola embobada cuando se peinaba y se hacía su moño a la antigua; desde la raya en medio, se hacía dos trenzas con el pelo, abundante y sin una sola cana, que se recogía luego en dos moños. Me sentía orgullosa cuando venía a buscarme a la escuela con su sonrisa joven, entre las madres y los padres de los otros niños, porque los míos, como eran músicos, siempre andaban viajando por todo el mundo. Mi abuela había sido toda para mí, al menos en la misma medida en que mi padre era todo para la música y mi madre era toda para mi padre.

A papá no lo quería ninguna chica, y abuela sufría y se sentía culpable porque a lo mejor le había transmitido a su hijo el misterioso mal que hacía huir al amor. Por aquel entonces existían los clubes y los muchachos iban a bailar y tejían sus amoríos con las canciones de los Beatles, pero mi padre ni caso. A veces ensayaba piezas para el Conservatorio con alguna chica, cantantes, violinistas, flautistas, y todas lo querían para que en los exámenes las acompañara al piano, porque era el más aplicado, pero al terminar el examen se terminaba todo.

Después, un día, abuela fue a abrir la puerta y vio llegar a mamá, jadeante porque aquí en la calle Manno no hay ascensor, con su flauta en bandolera. Tenía una actitud tímida pero segura, la misma actitud que mi madre sigue teniendo ahora, y era bonita, sencilla, fresca, y jadeaba, y mientras jadeaba por las escaleras empinadas reía por cualquier cosa, alegre, como ríen las niñas, y abuela llamó a papá, que estaba encerrado tocando, y le gritó: «Ha llegado. ¡Ha llegado la persona que esperabas!».

A mamá tampoco se le olvida el día en que tenían que ensayar una pieza para piano y flauta, en el Conservatorio no había aulas disponibles y mi padre le había dicho que fuera a la calle Manno. Y lo perfecto que le había parecido todo, abuela, abuelo, la casa. Porque ella vivía en un barrio feo de las afueras, lleno de caserones grises, con su madre viuda, mi abuela Lia, severa, rígida y tan obsesionada por el orden y la limpieza que enceraba los suelos y había que caminar con paños debajo de los pies, vestía siempre de negro, y mamá tenía que llamarla continuamente por teléfono para decirle dónde estaba, y cuidadito con quejarse. Lo único alegre en su vida era la música, que, además, la señora Lia no podía soportar y cerraba todas las puertas para no oír a la hija cuando practicaba.

Mamá amaba a mi padre en silencio desde

hacía un montón de tiempo, le gustaba todo de él, incluso que estuviera como una regadera y apareciera siempre con los jerseys puestos al revés, y que no se acordara nunca en qué estación del año vivía y llevara camisetas de verano hasta que pescaba una bronquitis; decían que estaba loco y las chicas, pese a que era guapísimo, no querían ir con él por todas esas cosas y, sobre todo, porque esa locura no estaba de moda entonces, y al fin y al cabo, tampoco la música clásica en la que era un genio. Pero mamá se derretía por él.

En los primeros tiempos se mantenía libre adrede y ni siquiera buscaba trabajo, porque era la única manera de estar con papá: volverle los folios de las pocas partituras que no se sabía de memoria, sentada a su lado en el escabel, viajando por todo el mundo. De hecho, todas las veces que mi madre no tuvo la posibilidad de acompañarlo, por ejemplo cuando nací yo, él no estaba. El día de mi nacimiento estaba en Nueva York para el *Concierto en sol* de Ravel.

Los abuelos ni siquiera lo llamaron por teléfono, para no emocionarlo y por miedo a que tocara mal por culpa mía. Entonces, en cuanto crecí al menos un poco, mamá compró dos parques, dos andadores, dos sillitas, dos platitos térmicos y se lo trajo todo aquí, a la calle Manno, para poder preparar a toda prisa la bolsa con mi ajuar, entregarme a abuela y tomar enseguida un avión para reunirse con papá.

Ahora bien, en casa de mi abuela materna, la señora Lia, no me dejaban nunca, y si me dejaban, lloraba con desesperación porque esa otra abuela, le hiciera lo que le hiciera, un dibujo, por ejemplo, o cantarle una canción con la letra inventada por mí, se alteraba y decía que había cosas más importantes, que había que pensar en las cosas importantes, y yo me había figurado que odiaba la música de mis padres, que odiaba los libros de cuentos que llevaba siempre conmigo, y para complacerla trataba de averiguar qué la pondría contenta, pero siempre daba la impresión de que nunca le gustaba nada. Mamá me decía que la señora Lia se había vuelto así porque se le había muerto el marido antes de que ella naciera y porque se había peleado con su familia, que era riquísima, y se había marchado de Gavoi, su pueblo, que encontraba feo.

De mi abuelo no me acuerdo, murió cuando yo era demasiado pequeña, el 10 de mayo de 1978, el día en que aprobaron la Ley 180, por la que mandaron cerrar los manicomios. Mi padre me decía siempre que era un hombre excepcional, que todos lo apreciaban muchísimo y que sus parientes lo querían con toda el alma porque había salvado a abuela de muchas cosas de las que era mejor no hablar, pero que yo debía tener cuidado con abuela, no debía darle disgustos ni inquietarla demasiado. Siempre estuvo rodeada de un velo de misterio, quizá de piedad. Ya de mayor me enteré de que antes de conocer a abuelo, aquel famoso mayo de 1943, se había tirado al pozo y las hermanas, al oír el batacazo, se precipitaron al patio, llamaron a los vecinos y, milagrosamente, consiguieron sacarla sujetando entre todos la cuerda; y en otra ocasión, al cortarse el pelo de sarnosa se había hecho una marca, y siempre se hacía cortes en las venas de los brazos. Yo conocí a una abuela distinta, que se reía por cualquier cosa, y también mi padre dice lo mismo, que él también la conoció serena, salvo una vez, y tal vez también se tratara de rumores que corrían. Pero yo sé que es cierto. Por lo demás, abuela decía siempre que su vida se dividía en dos partes: antes y después de la cura con aguas termales, como si el agua que le hizo expulsar los cálculos hubiese sido milagrosa en todos los sentidos.

9

A los nueve meses del tratamiento con aguas termales, en 1951, nació mi padre, y cuando el niño tenía siete años recién cumplidos, ella se colocó en la casa de dos señoritas, doña Doloretta y doña Fanní, de la calle Luigi Merello, a escondidas de abuelo y de todos, porque tenía en mente mandar a su hijo a clases de piano. Las señoritas la compadecían, y a ellas eso de la música les parecía una locura, «Ya me dirás tú si no está loca una que podría vivir bien y se emplea de criada para que su hijo toque el piano».[15] Pero llegaron a quererla tanto que consiguió horarios especiales: entraba a trabajar después de ha-

[15] *Narami tui chi no è macca una chi podia biviri beni e faidi sa zeracca poita su fillu depidi sonai su piano.*

ber llevado a papá a la escuela Sebastiano Satta y salía antes para ir a recogerlo y hacer la compra, y si las oficinas públicas y las escuelas estaban de vacaciones, pues ella también. Abuelo estaría extrañado de que hiciera siempre las tareas de la casa por la tarde, pese a tener toda la mañana libre, pero nunca le preguntó nada ni la regañó si se encontraba con un poco de desorden o con que la comida no estaba hecha. A lo mejor pensaba que por la mañana su mujer se dedicaba a escuchar sus discos, ahora estaban mejor económicamente y a ella le había dado la manía de la música, Chopin, Debussy, Beethoven, escuchaba óperas y lloraba con *Madame Butterfly* y la *Traviata*, o tal vez imaginaba que iba en tranvía hasta el Poetto a ver el mar, o quizá a tomarse un café con sus amigas, doña Doloretta y doña Fanní. Pero no, después de acompañar a papá a la calle Angioy, abuela subía a toda prisa la cuesta de la calle Don Bosco hasta la avenida Merello, flanqueada de chalets con palmeras, terrazas con balaustradas de yeso, jardines con estanques llenos de peces y fuentes con amorcillos. Las señoritas la esperaban de veras para el café y se lo servían en la bandeja de plata antes de que se pusiera a hacer las tareas, porque abuela era toda una señora. Hablaban de los hombres de su vida, del prometido de doña Fanní, fallecido precisamente en Vittorio Veneto, mientras combatía en la Brigada Sassari, el 24 de octubre, y ese día, cuando todos festejaban la victoria, la señorita siempre estaba triste. Abuela también hablaba, pero no del Veterano ni de la locura ni de la Casa de Citas, sino de los novios que huían, y de abuelo, que la había querido enseguida y se había casado con ella, y las señoritas se miraban incómodas, como queriendo decir que hasta un ciego se daba cuenta de que él se había casado para pagar la deuda con la familia, pero se callaban y quizá pensaban que era una mujer un tanto rara que no se enteraba de nada, seguramente por la locura de la música y el piano,[16] y

[16] *su macchiòri de sa musica e de su piano.*

para ellas aquello debía de ser pura locura, dado que tenían un piano que ni siquiera tocaban y sobre el que ponían tapetitos con objetos varios y jarrones de flores, y antes de quitarle el polvo, abuela casi casi lo acariciaba y le echaba el aliento para sacarle brillo con un paño especial que ella misma había comprado. Un día, las patronas le hicieron una propuesta: ya no disponían de dinero en metálico, pero siempre habían estado acostumbradas a tener servidumbre, el problema era que no podían seguir pagándole a abuela, pero podían fijar un precio por el piano y abuela podía pagarlo poquito a poco haciendo las tareas de la casa; al marido podía decirle que era un regalo de sus amigas. Habían incluido también la lámpara incorporada para iluminar el teclado, que abuela tuvo que vender de inmediato para pagar el transporte desde la avenida Merello a la calle Manno, y el afinado. El día en que el piano viajó hacia la calle Manno le dio tal ataque de felicidad que fue corriendo por la avenida Merello y la calle Manno para adelantarse al furgón, mientras recitaba de memoria los primeros versos de un poema que el Veterano le había escrito, cada vez más deprisa, de un tirón, sin puntos ni comas. «Si tenue huella dejaste en la vida que fluye Si tenue huella dejaste en la vida que fluye Si tenue huella dejaste en la vida que fluye.» El piano lo colocaron en el cuarto grande y lleno de luz que daba al puerto. Y papá tocaba de maravilla.

Vaya si tocaba bien. A veces hasta los diarios lo comentan y dicen que es el único sardo que ha conseguido ser alguien en la música, y en las salas de conciertos de París, Londres o Nueva York lo reciben con alfombra roja. Abuelo tenía un álbum de piel color verde botella, especial para las fotos y los recortes de periódico de los conciertos de su hijo.

Mi padre siempre me hablaba de abuelo.

A su madre la quería, pero le resultaba extraña, y cuando ella le preguntaba cómo habían ido las cosas, él le contestaba: «Normal, ma. Todo normal». Entonces abuela le decía que las cosas no podían ser normales, que por fuerza debían ser más de un modo que de otro, y se notaba que aquello la amargaba y que le entraban los celos, porque más tarde, sentados los tres a la mesa, en presencia de abuelo, las cosas del mundo adquirían ese modo al que abuela se había referido. Ahora que su madre ha muerto, papá no se lo perdona, pero nunca se le ocurría nada que decirle. A sus conciertos había ido una sola vez, él era todavía jovencito, y tuvo que salir a toda prisa, turbada por la emoción. Pero abuelo, que la protegía siempre, aunque él tampoco supiera nunca qué decirle ni se mostrara afectuoso con ella, no la había seguido, se había quedado disfrutando del concierto de su hijo. Se había sentido muy feliz y no paraba de felicitarlo.

Papá se alegra de que yo lo haya tenido más fácil. Mejor. Mejor así. Por otra parte, a mí me crió abuela. Por otra parte, siempre pasé más tiempo en la calle Manno que en mi casa, y cuando él y mamá regresaban, nunca me quería ir. De pequeña montaba unas escenas increíbles, gritaba y me metía debajo de las camas, o me encerraba con llave en algún cuarto, y antes de salir los obligaba a jurarme que me dejarían un poco más. Un día llegué incluso a esconderme dentro de un jarrón enorme de flores, que estaba vacío, y a atarme unas ramas al pelo. Y al día siguiente, otra vez la misma historia. Me negaba a llevar de vuelta a casa mis muñecas y mis juegos; después, ya de mayor, mis libros. Decía que para estudiar debía por fuerza quedarme en casa de abuela, porque me resultaba incómodo, sobre todo, tener que cargar con los diccionarios. O cuando invitaba a mis amigos, prefería que fueran a casa de abuela porque había terraza. Y cosas así. Tal vez yo la quise de la forma correcta. Con mis escenas trágicas, mis llantos, mis jaleos y mis ataques de felicidad. Cuando regresaba de algún viaje, ya me estaba esperando en la calle y yo corría hacia ella y nos abrazábamos y llorábamos de la emoción, como si hubiese estado en la guerra y no divirtiéndome.

Después de los conciertos de papá, como abuela no venía, en las distintas ciudades del mundo me pasaba horas al teléfono y le describía hasta el último detalle, incluso le tarareaba un poco la música y le contaba cómo habían sido los aplausos y qué sensaciones había producido la interpretación. Y si el concierto era cerca de aquí, volvía enseguida a la calle Manno y abuela se sentaba a escucharme con los ojos cerrados y sonreía y marcaba el compás con los pies dentro de las pantuflas.

En cambio la señora Lia no soportaba los conciertos de papá, decía que su yerno no tenía un trabajo de verdad, que el éxito podía acabársele de la noche a la mañana y encontrarse con mamá y conmigo pidiendo limosma, de no ser porque estaban los padres, mientras siguieran vivos, claro. Ella sabía lo que significaba arreglárselas sola y no pedir ayuda a nadie. Por desgracia, ella había conocido la vida real. Mi padre no le guardaba rencor, o quizá ni siquiera era consciente del desprecio de su suegra, que nunca lo felicitaba y tiraba regularmente a la basura los diarios que hablaban de él o los utilizaba para limpiar los cristales o para cubrir el suelo cuando tenía albañiles en casa haciéndole alguna obra.

Papá siempre tuvo su música y el resto de las cosas de este mundo nunca le importaron nada.

10

De los novios que huían, del pozo, del pelo de sarnosa, de las cicatrices en los brazos y de la Casa de Citas, abuela le habló al Veterano la primera noche que estuvieron juntos arriesgándose a ir a parar al Infierno. Abuela siempre decía que en su vida había hablado de verdad con alguien únicamente dos veces: con él y conmigo. Era el hombre más delgado y más apuesto que había visto jamás, y su amor el más intenso, el más duradero. Porque el Veterano, antes de penetrarla una y otra vez la había desnudado despacio y se había detenido en cada parte de su cuerpo para acariciarla mientras sonreía y le decía que era hermosa, y él mismo quiso quitarle las horquillas del pelo, y hundir, como hacen los niños, las manos en aquella nube negra de rizos y desabrocharle la ropa y quedarse mirándola tumbada en la cama, lleno de admiración por aquellos pechos grandes y firmes, la piel blanca y tersa, las piernas largas, y todo esto mientras la acariciaba y la besaba allí donde nunca la habían besado. Como para desmayarse de placer. Y después, abuela también lo había desvestido a su vez y había apoyado con delicadeza la pierna de madera a los pies de la cama y besado y acariciado largo rato su mutilación. Y en el fondo de su corazón, por primera vez dio gracias a Dios por haberle dado la vida, por haberla sacado del pozo, por haberla dotado de unos pechos hermosos y de un cabello precioso, e incluso, mejor dicho, sobre todo, por los cálculos renales. Después, él le había dicho que era muy buena y que nunca había encontrado a nadie como ella en ninguna Casa de Citas, a ningún precio. Entonces abuela le enumeró con orgullo la lista de sus prestaciones. La presa: el hombre captura a la mujer desnuda en una red de pesca a la que hace un corte solo para poder penetrarla. Es su pescado. La toca por todas partes, pero nota solo las formas y no la piel. La esclava: metido en la bañera, él se deja bañar y acariciar por ella, que lleva los pechos al aire y se los ofrece para que los muerda sin atreverse a mirarlo siquiera. La geisha: él solo pide que le cuenten cuentos que lo distraigan de los problemas cotidianos, ella está completamente vestida y no tienen por qué acabar haciendo el amor. El banquete: ella se acuesta y el hombre va colocando sobre ella la comida como si se tratara de una mesa puesta, por ejemplo una fruta dentro de la vagina, o mermelada, salsa o crema pastelera en los pechos, y él se la come toda. La muchachita: es él quien la baña en la bañera con mucha espuma y la lava bien por todas partes y, como muestra de agradecimiento, ella se la meterá en la boca. La musa: él la fotografía en las poses más escabrosas, con las piernas abiertas, mientras se masturba y se estruja los pechos. La mujer perrito: vestida solo con un liguero, le lleva el diario en la boca al hombre, que por detrás le acaricia el sexo o el pelo o las orejas y le dice: «Así me gusta, buena perrita». La criada: le lleva el café a la cama vestida con ropa modesta, y con las tetas prácticamente al aire se deja ordeñar, después se sube al armario para limpiar y no lleva bragas. La holgazana: se deja atar a la cama porque debe ser castigada con el cinto, pero abuelo nunca le hacía daño de verdad. Abuela siempre había salido airosa, y después de cada prestación su marido decía cuánto le habría costado en la Casa de Citas y guardaban esa cantidad para reconstruir la casa de la calle Manno, y abuela quería que se destinara siempre una pequeña parte para el tabaco de pipa. Pero habían seguido durmiendo cada uno arrimado a su orilla de la cama y sin hablar nunca de ellos, quizá por eso abuela no olvidaría nunca la emoción que sintió esas noches, con el brazo del Veterano sobre la cabeza y su mano dormida, pero presente, tanto que parecía acariciarle el pelo. El Veterano dijo que, en su opinión, su marido era un hombre verdaderamente afortunado, y no un desgraciado, como decía ella, porque le había tocado en suerte una pobre loca, ella no estaba loca, sino que era una criatura creada en un momento en que a Dios sencillamente no le apetecían las habituales mujeres en serie, que le había dado la vena poética y la había creado a ella; y abuela reía a gusto y decía que él también estaba loco y que por eso no advertía la locura ajena.

Una de las noches siguientes, el Veterano le dijo a abuela que su padre no había muerto durante los bombardeos de Génova, sino torturado por la Gestapo. Dejaron su cuerpo, desfigurado por brutales torturas, tirado en la calle, delante de la Casa del Estudiante. Pero no confesó dónde estaban la nuera y los partisanos que telegrafiaban desde su casa a los aliados. Se había empeñado en quedarse en casa para que quienes los vigilaban después del soplo no notasen nada raro y para que los demás consiguieran escapar a las montañas de los Apeninos.

Quería que su hijo lograra formar una familia con su mujer, eso le había dicho a la nuera al despedirse, y después se había quedado esperando a la Gestapo. Su niña había nacido en las montañas. Pero quizá no fuera cierto, él se olía que era hija de un alemán. Ni siquiera lograba imaginarse a su mujer enamorada de otro, por eso se olía que el padre de su hija era un monstruo que a lo mejor la había forzado, seguramente cuando ella intentó salvar a su suegro. Y nunca más pudo volver a tocarla, por eso no habían tenido hijos. Él también se había hecho asiduo de la Casa de Citas. El Veterano se echó a llorar con una vergüenza enorme porque de niño le habían enseñado que nunca debía mostrar su dolor. Y entonces abuela también se echó a llorar y dijo que a ella lo que le habían enseñado era a no mostrarse alegre, y tal vez tuvieran razón porque lo único que le había ido bien, es decir, casarse con abuelo, le resultaba indiferente, y no había entendido por qué aquellos pretendientes salían corriendo, pero en el fondo, qué sabemos de veras de los demás, qué sabía el Veterano.

Cierta vez, y a propósito de eso de no entenderse, ella se había armado de valor y con el corazón latiéndole tan fuerte que parecía que iba a salírsele del pecho le había preguntado a abuelo si ahora, después de conocerla mejor, pero ojo, con eso no quería decir que conocerla mejor fuera nada del otro mundo, en fin, si después de haber vivido con ella todo ese tiempo sin tener ya necesidad de ir a la Casa de Citas..., si la quería. Abuelo ni la miró, esbozó una especie de sonrisa disimulada, le dio una palmada en el trasero y ni se le ocurrió contestarle. Otra vez, durante una prestación que no quiso describirle al Veterano, abuelo le había dicho que tenía el culo más hermoso del que él hubiera gozado en toda su vida. En el fondo, qué sabemos de veras incluso de las personas que tenemos más cerca.

11

En 1963 abuela fue con su marido y con papá a visitar a su hermana y a su cuñado, emigrados a Milán.

Habían llegado a vender incluso la casa del pueblo para ayudarlos y los abuelos renunciaron a su parte, pero de todos modos las tres familias campesinas no consiguieron vivir con unos campos que en total no sumaban ni veinte hectáreas. La reforma agraria había sido tímida y el Plan de Reactivación completamente equivocado, porque se basaba en las industrias químicas y siderúrgicas implantadas por continentales con fondos públicos, y aquí, en nuestra zona, no pintaban nada, como decía abuelo, porque el futuro de Cerdeña, según él, estaba en las industrias manufactureras, que habrían tenido en cuenta los recursos ya existentes. A las otras dos hermanas, que vivían de la tierra, en realidad les había ido bien que al menos una se hubiese marchado. Abuela sufrió mucho, ni siquiera fue a San Gavino a acompañar a la hermana más pequeña, al cuñado y a los sobrinos cuando tomaron el tren hacia Porto Torres. Y sufrió también por la casa. Los nuevos dueños sustituyeron el portal, rematado en arco, por una verja de hierro. La galería, una vez derribados el murete bajo que la separaba del patio y los pilares de madera, quedó cerrada con una vidriera de aluminio. La planta superior, muy baja, que daba al tejado de la galería, donde antes estaba el granero, se había convertido en una buhardilla de las que se ven en las postales de los Alpes. El refugio de los bueyes, la leñera, transformados en garaje para los coches. Los parterres reducidos a un delgado perímetro pegado a la pared. El pozo, tapado con cemento. El tejado de tejas, encima del granero ahora buhardilla, sustituido por una terraza con parapeto de ladrillos huecos. Las baldosas de cerámica de distintos colores que formaban en el suelo dibujos parecidos a los de los caleidoscopios, cubiertas con gres. En cuanto a los muebles, no cabían en la escasa superficie de las habitaciones que las hermanas habían ido a ocupar en las casas de las familias de sus maridos, y nadie los quería, tan viejos y pesados, de una época digna de olvidarse. Abuela fue la única que se llevó su dormitorio de recién casada, porque en la calle Manno quiso conservarlo tal como estaba.

Cuando viajaron a Milán ya sabía que su hermana y su cuñado se habían hecho ricos, porque su hermana le escribía que Milán es el gran

Milán,[17] que había trabajo para todos, que los sábados hacían la compra en el supermercado y llenaban los carritos de comida perfectamente envasada, y esa idea que siempre habían llevado metida en la cabeza de ahorrar, de no cortar más de un número determinado de rebanadas de pan, de volver los abrigos, las chaquetas, los trajes, de destejer los jerseys para recuperar la lana, de remendar mil veces los zapatos, se había acabado. En Milán iban a los grandes almacenes y se vestían de estreno. Lo que no les gustaba era el clima, el *smog* que ennegrecía los bordes de las mangas y los cuellos de las camisas y los delantales del colegio de los niños. Tenía que lavarlo todo continuamente, pero en Milán había mucha agua y no la daban en días alternos como en Cerdeña, podías dejar el grifo abierto sin la preocupación de lavarte primero, y después, con el agua sobrante, lavar la ropa, y después, cuando el agua estaba sucia,

[17] *Milàn l'è il gran Milàn* (en dialecto milanés).

echarla al retrete. En Milán, lavar y lavarse eran una diversión. Por otra parte, la hermana no tenía mucho que hacer después de las tareas de todos los días, que enseguida estaban hechas pues las casas eran pequeñas, porque en ese espacio debían caber millones de habitantes, no como en Cerdeña, que tenían aquellas casas enormes que no servían para nada, porque no tenían comodidades, en fin, que las tareas las terminaba enseguida y después se iba de paseo por la ciudad a ver tiendas y a comprar y comprar.

Los abuelos no sabían qué llevarles a los parientes ricos de Milán. En el fondo no necesitaban nada. Entonces, abuela propuso un paquete poético, el paquete de la nostalgia, porque es cierto que comían y se vestían bien, pero llevarían salchicha sarda, un buen queso de oveja, vino de Marmilla, una pierna de jamón, cardos en aceite y jerseys para los niños tejidos a mano por abuela, de ese modo recuperarían un poco los aromas de su tierra.

Emprendieron viaje sin avisar. Querían darles una sorpresa. Abuelo se hizo mandar un plano de Milán y estudió bien las calles y los itinerarios para ver las cosas más bonitas de la ciudad.

Se vistieron los tres de estreno, para no hacer mal papel. Abuela se compró las cremas de Elisabeth Arden, porque ya andaba por los cincuenta y quería que el Veterano –el corazón le decía que iban a verse– la encontrara todavía hermosa. Aunque ese aspecto no le preocupaba demasiado. Todos estaban convencidos de que un hombre de cincuenta años no miraría nunca a una mujer de su edad, pero eran razonamientos válidos para las cosas del mundo. Para el amor, no. El amor no tiene en cuenta ni la edad ni otra cosa que no sea el amor. Y el Veterano la había amado justamente con ese amor. A saber si la reconocería enseguida. Qué cara pondría. No se abrazarían en presencia de abuelo, de papá, ni de la esposa ni la hija del Veterano. Se estrecharían la mano y se mirarían, se mirarían, se mirarían. Como para morirse. Ahora bien, si llegaba a salir sin que nadie la acompañara y a cruzarse con él solo, entonces sí. Se besarían y se abrazarían para recuperar todos aquellos años. Y si él se lo pedía, ella no volvería a casa nunca más. Porque el amor es más importante que todo lo demás.

Abuela no había estado nunca en el Continente, excepto en el pueblecito del Balneario, y pese a lo que su hermana le había contado en sus cartas, pensaba que en Milán podías cruzarte con la gente así sin más, como en Cagliari, y estaba emocionadísima, porque creía que enseguida iba a encontrarse con su Veterano por la calle. Pero Milán era enorme, altísima, estaba llena de imponentes edificios decorados con suntuosidad; era una ciudad bella, gris, neblinosa, con mucho tráfico, y un cielo troceadito entre las ramas desnudas de los árboles, una ciudad llena de tiendas iluminadas, faros de coches, semáforos, chirridos de tranvías, gente apiñada bajo la lluvia con la cara medio oculta tras el cuello del abrigo. En cuanto bajó del tren, en la estación central, miró con atención a todos los hombres para ver si encontraba al suyo, alto, delgado, la cara armoniosa, mal afeitado, con el impermeable que languidecía sobre su cuerpo y las muletas, cuántos hombres había, hombres que subían y bajaban de aquellos trenes que iban a todas partes, a París, Viena, Roma, Nápoles, Venecia, impresionaba lo grande y rico que era el mundo, pero él no estaba.

Al final encontraron la calle y el edificio de su hermana; ellos se lo imaginaban moderno, una especie de rascacielos, pero era antiguo. Abuela lo encontró precioso, aunque la fachada estuviese un poco estropeada y en los estucos alrededor de las ventanas faltaran las cabezas de los amorcillos y los tallos de las flores, y en las persianas, los listones, y muchos trozos de las balaustradas de los balcones habían sido sustituidos por tablas de madera, y muchos cristales de las ventanas, por pedazos de cartón. El portón estaba cubierto de pintadas, y los cartelitos con los apellidos no figuraban debajo de las plaquitas de vidrio, sino cerca del único timbre. Eso sí, estaban seguros de haber llegado, puesto que desde hacía un año las cartas iban a esa dirección de Milán y de allí les llegaban. Llamaron y una señora se asomó al balcón del primer piso. Les dijo que a esa hora los sardos[18] no estaban, pero que podían entrar, subir y preguntarles a los del sur.[19] ¿Quiénes eran? ¿Buscaban criada? Las sardas eran más de fiar.

Y entraron los tres. Estaba oscuro y olía a encierro, a lavabo y a coles. La escalera debía de

[18] *sardignoli, sardignole* (en dialecto milanés): sardos, sardas. Tiene sentido peyorativo.

[19] *terún* (en dialecto milanés). Tiene sentido peyorativo.

haber sido hermosa, porque en su parte central tenía un hueco enorme, pero seguramente tras los bombardeos de la última guerra habría quedado dañada, porque muchos escalones estaban destrozados. Abuelo subió en primer lugar, pegado a la pared, y luego hizo subir a papá agarrándole la mano bien apretada y diciéndole a abuela que pusiera los pies exactamente donde él había pisado. Subieron hasta arriba del todo, hasta el tejado. Pero no había apartamentos, sino una puerta abierta que daba a un pasillo larguísimo y oscuro, todo alrededor de la escalera, y allí, muchas otras puertas de trasteros. Y estas puertas de trasteros llevaban pegados unos cartelitos con los apellidos, y al fondo de todo estaba también el de su cuñado. Llamaron. Nadie fue a abrirles, pero se asomaron al pasillo otras personas y cuando ellos dijeron quiénes eran y a quién buscaban los recibieron con mucho alboroto, los invitaron a pasar a su buhardilla y a esperar allí. El cuñado estaba en la calle, con el carrito de trapero, la hermana, sirviendo, y los niños, todo el día en el colegio de monjas. Los hicieron sentar en la cama enorme, debajo del único ventanuco, desde el que se veía un pedazo de cielo gris, y papá quería ir al baño, pero abuelo le lanzó una mirada amenazante porque estaba claro que allí no tenían baño.

Tal vez deberían haberse marchado enseguida. Lo único que podían darles a esos pobres infelices era una vergüenza infinita. Pero ya era tarde. Esos vecinos afectuosos y amables, también meridionales, empezaron a acribillarlos a preguntas, y marcharse habría supuesto sumar el desprecio a la ofensa.

De modo que esperaron y el único realmente triste era abuelo. Papá estaba encantado de todos modos, porque en Milán encontraría unas partituras que si se pedían en Cagliari había que esperar meses hasta que llegaban, y a abuela todo le daba igual con tal de encontrar al Veterano, llevaba desde el otoño de 1950 esperando ese momento. Le preguntó enseguida a su hermana dónde estaban los edificios con balconada, le dijo que tenía curiosidad por verlos porque había oído hablar de ellos, y así fue como consiguió las señas de la zona donde más abundaban y dejó que abuelo se fuera con papá a ver la Scala, la catedral, la galería Vittorio Emanuele, el castillo Sforza, y a comprar las partituras que en Cagliari no se conseguían. Estaba claro que a abuelo le supo mal, pero no le dijo nada, como siempre, y no puso ningún reparo. Al contrario, por la mañana le indicaba en el mapa las calles por donde debía ir para ver las zonas que despertaban su curiosidad y le decía qué tranvía debía tomar y le dejaba siempre las fichas telefónicas, los números útiles y dinero por si se perdía. Bastaba con que no se pusiera nerviosa y desde una cabina llamara a un taxi para volver tranquilamente a casa. Abuela no era insensible, ni estúpida ni mala, y se daba perfecta cuenta de que con lo que hacía le estaba dando un disgusto a abuelo. Y ella no quería eso por nada del mundo. Por nada del mundo, pero por su amor sí. Y así, con el corazón en un puño, se fue a buscar la casa del Veterano. Estaba segura de encontrarla, un edificio alto, imponente, con balcones de piedra labrada, en la parte de fuera un portal grande y un túnel formaban una entrada monumental que llevaba a un patio enorme en el interior, al que asomaban pisos y más pisos de estrechos balcones con barandilla. El Veterano vivía en el entresuelo, su puerta daba a una escalera de tres o cuatro escalones donde su niña se sentaba a esperarlo sin importar el tiempo que hiciera, las ventanas tenían rejas y su casa, dos habitaciones grandes pintadas de blanco sin nada del pasado. Con el corazón alborotado, como si fuera una delincuente, abuela entró en un bar, pidió la guía de teléfonos y buscó el apellido del Veterano pero, aunque era genovés, había páginas y más páginas con su mismo apellido, y la única esperanza era que tuviera suerte y hubiese acertado la zona y ese fuera el edificio. Había edificios con balconada en muchas calles larguísimas y abuela miraba también en las tiendas, que eran suntuosas; las de ultramarinos se parecían a Vaghi de la calle Bayle en Cagliari, pero los edificios eran muchos, muchos, y estaban llenos de gente y tal vez, al volver del trabajo, el Veterano hacía la compra y a lo mejor se lo encontraba de repente –guapísimo con el impermeable que languidecía sobre su cuerpo–, le sonreía y le decía que él tampoco la había olvidado y que, en el fondo de su corazón, la estaba esperando.

Por su parte, papá, los primitos y abuelo se fueron al centro agarrados de la mano en medio de la niebla cada vez más espesa y abuelo invitó a su hijo y a sus sobrinitos a tomar chocolate en la pastelería Motta, sentados a una mesita, y después los llevó a las mejores tiendas de juguetes, donde les compró a sus sobrinos unos bloques de Lego y unos avioncitos que remontaban el vuelo e incluso un futbolín para casa, y después entraron en la catedral y en la galería, a tomarse un cucurucho de nata, y mi padre habla de aquel viaje a Milán como de algo hermosísimo de no haber sido porque echaba de menos su piano. Si abuela hubiese encontrado al Veterano, se habría escapado con él, así, sin más, con lo puesto, el abrigo nuevo, el pelo recogido envuelto en el gorro de lana y el bolso y los zapatos comprados expresamente para estar elegante, por si llegaba a encontrarlo.

Paciencia por papá y abuelo, aunque los quería y los extrañaría horrores. La consolaba la idea de que, al fin y al cabo, ellos dos estaban muy unidos y siempre hablaban por los codos, y cuando salían caminaban juntos delante de ella y en la mesa se entretenían mientras ella lavaba los platos; y cuando era pequeño, papá quería que fuera su padre quien le diera las buenas noches y le contara el cuento para dormirse y le dijera todas esas cosas que los niños quieren oír antes de irse a la cama tranquilos. Y paciencia por Cagliari, por las calles estrechas y oscuras de Castello que desembocaban de repente en un mar de luz, paciencia por la colada tendida al viento maestral. Paciencia por la playa del Poetto, largo desierto de dunas blancas en el agua cristalina donde caminabas y caminabas y nunca era profunda y los bancos de peces nadaban entre tus piernas. Paciencia por los veranos en la caseta de rayas blancas y celestes, por los platos de ñoquis sardos[20] con salsa de tomate y salchichas que tomaban después del baño. Paciencia por su pueblo, con aquel olor a fuego de leña, y por los cochinillos, los corderitos y el incienso de la iglesia cuando por las fiestas iban a casa de sus hermanas. Pero después, la niebla se había vuelto cada vez más espesa y las plantas altas de los edificios parecían envueltas en nubes y a las personas solo las veías cuando chocabas con ellas porque no eran más que sombras.

En los días siguientes, por las calles de Milán todavía envueltas en la niebla, abuelo tomaba

[20] *malloreddus.*

del brazo a abuela y con la otra mano cogía de los hombros a papá, que, a su vez, le daba la mano a los primos más pequeños, y de esta manera, bien juntos, no se perdían y podían disfrutar de todas las cosas cercanas, y paciencia por las otras que la niebla hacía invisibles. En esos últimos días, desde que abuela había dejado de buscar los edificios con balconada, a abuelo le entró una extraña alegría, no hacía más que soltar ocurrencias y en la mesa todos reían, y la buhardilla ya no parecía tan mísera y estrecha, y cuando iban a pasear, todos de la mano, si abuela no hubiese sentido esa dolorosa nostalgia del Veterano que casi le impedía respirar, ella también se habría divertido con las salidas de abuelo.

Uno de esos días, a él se le metió entre ceja y ceja que tenía que comprarle un vestido, uno que fuera realmente bonito y digno de un viaje a Milán, y también dijo algo que nunca antes había dicho: «Quiero que te compres algo bonito. Muy bonito».

Y entonces se paraban a mirar todos los escaparates más elegantes y papá y los primitos rezongaban todo el rato porque era muy aburrido esperar a que abuela se probara esto y lo otro delante del espejo con su expresión desganada.

En aquella Milán envuelta en la niebla, las posibilidades de encontrar al Veterano se hacían cada vez más escasas y a abuela no le importaba nada el vestido, pero lo compraron de todos modos, de tonos pastel, con estampado de cachemir, y abuelo quiso que en la tienda se soltara el moño para ver cómo combinaban todas aquellas lunas y estrellas azules y rosa del cachemir con su nube de rizos negros; se quedó tan contento con la compra que todos los días quería que abuela se pusiera el vestido nuevo debajo del abrigo, y antes de salir, le hacía dar una vuelta en redondo y decía: «Precioso», pero era como si quisiese decir: «Preciosa».

Y esto es algo que abuela tampoco se perdonó en la vida. No haber sabido entender al vuelo aquellas palabras y ser feliz.

Cuando llegó el momento de despedirse, ella sollozaba con la mejilla apoyada en la maleta; no era por su hermana, por su cuñado, por sus sobrinitos, no, era porque si el destino no había querido que encontrara al Veterano, quería decir que estaba muerto. Y le vino a la cabeza que en aquel otoño de 1950 había creído encontrarse en el Más Allá, y se acordó de que él estaba muy delgado, de su cuello esbelto, de su pierna quebrada, su piel y sus manos de niño, y de la terrible retirada hacia el este y el campo de concentración y los naufragios, y de que, para colmo, tal vez un nazi fuera el padre de su niña, y sintió que estaba muerto. De lo contrario, él la habría buscado, sabía dónde vivía, y Cagliari no es Milán. Era una realidad, el Veterano podía no existir más y por eso lloraba. Abuelo la levantó en peso y la hizo sentarse en la única cama debajo del único ventanuco de la buhardilla. La consolaron. Le pusieron en la mano una copita para la despedida y su hermana y su cuñado brindaron por que se encontraran en tiempos mejores, pero abuelo no quiso brindar por tiempos mejores, sino por aquel viaje, en el que habían estado todos juntos, habían comido bien y algunas veces se habían reído a carcajadas.

Entonces, con la copita en la mano, abuela pensó que tal vez el Veterano estuviera vivo, y que si había sobrevivido a tantas penurias, ¿por qué no iba a irle bien en la vida normal? Y pensó también que le quedaba una hora, todo el trayecto en tranvía hasta la estación, y que la niebla empezaba a despejarse. Cuando llegaron a la estación central faltaba poco para que saliera el tren de Génova, donde tomarían el barco, y después otro tren, y entonces retomaría aquella vida en la que por la mañana riegas las macetas de la terraza, después preparas el desayuno, luego la comida y la cena, y si preguntas a tu marido y a tu hijo qué tal ha ido, te contestan: «Normal. Todo normal. Quédate tranquila», y no hay manera de que te cuenten bien las cosas como hacía el Veterano ni de que tu marido te diga que eres la única para él, la que esperaba desde siempre, y que aquel mayo de 1943 su vida había cambiado, de eso ni hablar, por más que en la cama le ofreciera unas prestaciones cada vez más perfeccionadas, todas las noches en las que dormía con él. Pues bien, si resultaba que ahora Dios no quería que encontrase al Veterano, que la matara entonces. La estación estaba sucia, el suelo lleno de papeles y escupitajos. Mientras esperaba sentada a que su marido y su hijo compraran los billetes –porque papá nunca elegía quedarse un poco con ella, faltaría más, esta vez también había preferido hacer la cola con abuelo–, vio un chicle pegado en el asiento, notó un hedor a lavabos y le entró un asco infinito por Milán, que le pareció fea, como el mundo entero.

Subió la escalera mecánica que lleva a los trenes detrás de abuelo y de papá, que conversaban animadamente, y pensó que si se daba media vuelta y se marchaba, ni siquiera se habrían dado cuenta. Ya no había niebla. Seguiría buscando al Veterano por todas las calles mugrientas del mundo, a pesar de que el frío invernal estaba al caer, pediría limosna y tal vez dormiría en los bancos, y si llegaba a morirse de pulmonía o de hambre, tanto mejor.

Soltó las maletas y los paquetes, bajó precipitadamente chocando con las personas que subían mientras repetía: «¡Disculpen! ¡Disculpen!», y justo al llegar al final, tropezó y la escalera mecánica le comió un zapato y un trozo de abrigo y le destrozó el precioso vestido nuevo y las medias y el sombrerito de lana que se le había caído y la piel de las manos y las piernas, y se llenó de cortes por todas partes. Dos brazos la ayudaron a incorporarse. Abuelo salió disparado detrás de ella y ahora la sostenía y la acariciaba como habría hecho con una niña: «No ha pasado nada –le decía–, no ha pasado nada».

De vuelta en casa se puso a hacer la colada con todas las cosas sucias del viaje: camisas, vestidos, camisetas, calzoncillos, bragas, para ir a Milán lo habían comprado todo nuevo. Ahora estaban bien de dinero y abuela tenía una lavadora Candy con dos programas, uno para prendas resistentes y otro para prendas delicadas. Clasificó toda la ropa: la que se lavaba a alta temperatura y la que se lavaba con agua templada. Pero quizá estuviera pensado en otra cosa, no se sabe, porque la estropeó toda. Papá me contó que, entre lágrimas y sollozos, los abrazaba a abuelo y a él, e iba a la cocina a coger los cuchillos y se los ponía en la mano para que la mataran, se arañaba la cara, se golpeaba la cabeza contra las paredes y se tiraba al suelo.

Mi padre oyó después a abuelo telefonear a las tías y contarles que, en Milán, abuela no había podido soportar ver en tan malas condiciones a su hermana menor, la más mimada, porque aquí, en Cerdeña, los pequeños terratenientes eran modestos pero dignos, y vivían respetados por todos, pero al fracasar la reforma agraria se habían arruinado y no tuvieron más remedio que emigrar, las mujeres a trabajar de criadas, la peor humillación para un marido, los hombres a respirar los venenos de las industrias, sin protección y, sobre todo, sin ningún respeto, y en la escuela, los hijos se avergonzaban de sus apellidos sardos con todas esas úes. Él nunca había sospechado algo así, cuando sus cuñados escribían y contaban que estaban bien, a ellos se les ocurrió darles una sorpresa e ir a verlos sin avisar, y fíjate cómo terminó la cosa, solo habían conseguido que se avergonzaran. Los niños se habían abalanzado sobre las salchichas y el jamón como si llevaran un montón de tiempo sin comer; cuando su cuñado había cortado el queso y abierto la botella de licor de mirto, se había emocionado y le había dicho que él no podía olvidar que, en el momento de repartir los bienes, abuelo había renunciado a la parte de abuela, pero por desgracia su gesto no había servido de nada, a ellos les había parecido que de esas tierras no se podía vivir, en cambio, los que se habían quedado habían tenido razón. Al ver aquello, abuela, que era muy suya, como bien sabían sus hermanas, no lo había soportado, y para colmo de males hoy acababa de enterarse de que en Dallas habían asesinado al presidente Kennedy, y por si eso no hubiera bastado, había destrozado una colada que valía el sueldo de un mes. A él le daba igual, el dinero va y viene, pero no había manera de calmarla y el niño estaba impresionado. Que fueran enseguida a Cagliari, por favor, en el primer coche de línea.

Pero después, para mis tíos abuelos y mis primos las cosas fueron mejorando cada vez más. De la buhardilla se mudaron a Cinisello Balsamo, en las afueras, y mi padre, que en sus viajes como músico iba siempre a verlos, contaba que vivían en un edificio altísimo lleno de emigrantes, en una zona de casas de vecinos para muchos otros emigrantes, pero tenían baño, cocina y ascensor, y pensándolo bien, no se podía seguir hablando de emigrados, porque se consideraban milaneses y ya nadie los llamaba *los del sur*, porque ahora la lucha era entre los rojos y los negros de San Babilia, donde los primos daban y recibían leña mientras papá iba al conservatorio Giuseppe Verdi con las bolsas llenas de partituras, y a él la política no le interesaba. Papá me cuenta que los primos y él se enzarzaban en discusiones. Por la política y por Cerdeña. Porque ellos hacían preguntas idiotas del tipo: «Oye, ¿este jersey es de herbaje?», refiriéndose a un jersey áspero y precioso que le había hecho abuela. O bien: «¿Y con qué medios de transporte viajáis allá en la isla?». O bien: «¿En tu casa hay bidet? ¿Y las gallinas las guardáis en el balcón?».

Al principio, papá se lo tomaba a risa, pero después se cabreaba y los mandaba a tomar por culo a pesar de que era un pianista educado y tranquilo. La cuestión es que ellos no le perdonaban su desinterés por la política, el hecho de que no odiara lo bastante a los burgueses, que no le hubiese pegado nunca a un fascista ni nunca le hubieran pegado a él. Ellos, que ya de jovencitos seguían los mítines de Capanna, en mayo de 1969 habían participado en la manifestación que llegó a Milán y en 1971 habían ocupado la Universidad Estatal. Pero se querían y siempre hacían las paces. Aquel famoso noviembre de 1963 habían confraternizado en la buhardilla, cuando salían por el ventanuco y se paseaban por los tejados, a escondidas de los padres, mientras el tío de Milán iba a vender trapos acompañado del tío de Cagliari, y la tía de Milán servía en casa de sus patrones y la tía de Cagliari, que estaba loca de atar, se iba a estudiar la arquitectura de los edificios con balconada, con su inolvidable gorrito de lana sostenido por las trenzas recogidas en moños al estilo sardo.

Abuela me contaba que su hermana la llamaba por teléfono desde Milán y le decía que estaba preocupada por papá, un muchacho ajeno a este mundo, todo música. Nada de chicas, mientras que sus hijos, que eran más jóvenes, ya tenían novia. La cuestión es que papá no iba a la moda, llevaba el pelo corto cuando todos eran unos melenudos, excepto los fascistas, pero él, pobrecito, de fascista no tenía nada, la cuestión era que no quería que el pelo le tapara los ojos cuando tocaba. Le daba pena, sin una novia, solo, solito, con sus partituras. Y entonces, cuando abuela colgaba, se echaba a llorar porque tenía miedo de haberle transmitido a su hijo esa locura que hace huir al amor. Siempre había sido un niño solitario al que nadie invitaba nunca a ninguna parte, un niño huraño, a veces torpemente afectuoso, cuya compañía nadie reclamaba. En la escuela secundaria le había ido mejor, aunque no tanto. Ella intentaba decirle a papá que en este mundo había otras cosas y abuelo también se lo decía, aunque se lo tomaba a risa, y no se olvidarían nunca de la noche del 21 de julio de 1969 porque mientras Armstrong pisaba la luna, su hijo no había dejado de ensayar *Paganini Variationen Opera 35 Heft I*, de Brahms, para el concierto de fin de curso.

12

Cuando abuela se dio cuenta de que ya estaba vieja me decía que tenía miedo de morirse. No por la muerte en sí, que debía de ser como quedarse dormida o irse de viaje, sino porque sabía que Dios estaba ofendido con ella, porque en este mundo le había dado muchas cosas hermosas y ella no había conseguido ser feliz y eso era algo por lo que Dios no podía haberla perdonado. En el fondo esperaba estar realmente loca, porque si estaba cuerda, se iría derechita al Infierno. Ahora bien, antes de ir a parar al Infierno razonaría con Dios. Le iba a dejar claro que si Él creaba una persona de cierta manera, después no podía pretender que actuara como si no fuese ella misma. Había dedicado todas sus fuerzas a convencerse de que la mejor vida posible era la suya, y no esa otra por la que sentía una nostalgia y un deseo tan grandes que la dejaban sin aliento. Eso sí, pensaba pedirle sinceramente perdón a Dios por algunas cosas: el vestido de cachemir que abuelo le había comprado en Milán y ella había destrozado en las escaleras mecánicas de la estación, la tacita de café al pie de la cama, durante su primer año de matrimonio, como quien deja la escudilla a un perro, su incapacidad para disfrutar de tantos días frente al mar, cuando pensaba que el Veterano llegaría al Poetto, caminando ágilmente con su muleta.

Y ese día de invierno, cuando abuelo regresó a casa con una bolsa de ropa de montaña, vete a saber a quién se la habría pedido prestada, y le propuso ir al altiplano de Supramonte en una excursión organizada por su oficina para los empleados de las salinas, ella, pese a que nunca había estado en la montaña, sintió un fastidio irreprimible, y en aquel momento le entraron ganas de arrancarle de las manos aquella ropa ridícula. Pero él venga a insistir, venga a insistir, el muy testarudo le decía que los verdaderos sardos deben conocer Cerdeña.

A abuelo le habían prestado unas feas zapatillas deportivas y un jersey grueso, también muy feo, mientras que las mejores prendas eran para ella y el niño. Al final, abuela terminó diciendo con apatía: «De acuerdo», y se puso a preparar los bocadillos, mientras abuelo, que siempre la ayudaba, vete a saber por qué, se sentó al piano de las señoritas Doloretta y Fanní y se puso a tocar unos tristes plin plin. Se acostaron temprano, porque a las cinco de la mañana debían estar en el lugar de la cita, llegar a Orgosolo y subir a Punta Sa Pruna, cruzar el bosque Montes, y de allí seguir hasta el círculo megalítico Dovilino y atravesar los montes que unen el parque Gennargentu con el Supramonte, hasta Mamoiada. Todo estaba cubierto de nieve y a papá lo devoraba la impaciencia, pero a abuelo le castañeteaban los dientes y el resto del grupo le aconsejó el calor de las chimeneas, los raviolis de patata, el cochinillo asado y el aguardiente *fil'e ferru* de un restaurante del pueblo. Pero el muy testarudo, ni caso. Tenían que conocer los montes de Cerdeña, ellos, que eran gente de mar y llanura.

El bosque Montes, uno de los pocos bosques primarios de Cerdeña porque sus encinas seculares nunca fueron cortadas, estaba sumido en el silencio y cubierto por una nieve blanca y blanda que llegaba a la rodilla. Total, que abuelo no tardó en empaparse las zapatillas y los pantalones, pero siguió avanzando en silencio, sin detenerse.

Y marchaba al mismo ritmo que los demás. Durante un buen trecho, abuela avanzó casi como si no tuviera ni marido ni hijo, pero después, cuando en la inmensa soledad del valle, como surgido del mundo de la fantasía, apareció el lago de Oladi todo helado, se detuvo a esperarlos.

–¡Mirad! ¡Mirad qué hermoso!

Y también cuando cruzaron el bosque de robles, con los troncos delgados que se enroscaban entre sí, recubiertos de musgo en forma de copos de nieve, se guardó en el bolsillo unas cuantas de esas hojas fantásticas y recogió también un ramito de tomillo, para hacer caldo cuando volvieran a Cagliari. Y siguió moderando el paso, y comparando sus bonitos zapatos forrados en piel con las feas zapatillas de abuelo, porque no la tenía tomada con él, al contrario, lamentaba muchísimo no amarlo. Lo lamentaba muchísimo y le daba pena y se preguntaba por qué Dios, en el amor, que es lo principal, organiza las cosas de forma tan absurda, que te desvives con todas las gentilezas posibles e imaginables y no hay manera de hacerlo aparecer, y a lo mejor te portas como un mal bicho, como hacía ella en ese momento, que ni siquiera le había prestado la bufanda, y él la seguía por la nieve, medio aterido de frío; y el pobre, que era tan buen comedor, perdió incluso la oportunidad de tomarse unos raviolis de patata de la zona y un cochinillo asado. Durante el viaje de regreso le dio tanta pena que, en la oscuridad del coche de línea, apoyó la cabeza sobre su hombro y lanzó un suspiro como diciendo: «¡Vaya!».

Abuelo estaba tan aterido que daba miedo, y parecía un muerto de frío.

Cuando llegaron a casa le preparó un baño caliente, le dio la cena y se llevó un susto al ver a abuelo beber tanto. Como siempre, pero era como si no lo hubiese visto nunca.

Por la noche había sido precioso. Más que todas las otras veces. Abuela acostó a papá, y después, vestida con la bata y la combinación viejas, lista para irse a la cama, se puso a comer distraídamente una manzana. Abuelo cerró con llave la puerta de la cocina para asegurarse de que el niño no entrara, y comenzó el juego de la Casa de Citas, le ordenó que se quitara la bata y la combinación y se tendiera desnuda sobre la mesa puesta, como si hubiese sido su comida preferida. Encendió la estufa, para que no se enfriara, y se puso otra vez a cenar sirviéndose de aquella abundancia de manjares. La palpó y la sobó por todas partes, y antes de paladear nada, ni siquiera la riquísima salchicha sarda del país, se la metía a abuela en el coño, porque en la Casa de Citas era la palabra que había que usar. Ella empezó a excitarse a más no poder y a tocarse, y en ese momento ya no le importaba nada si lo amaba o no lo amaba, solo quería seguir con el juego.

–Soy tu puta –gemía.

Después, abuelo le echó vino por todo el cuerpo y la lamió y la chupó, sobre todo las grandes tetas de mantequilla, que eran su pasión. Pero quiso castigarla, quizá por cómo se había comportado en la excursión, o quién sabe, con abuelo nunca se entendía nada, y tras quitarse el cinturón de los pantalones, la obligó a caminar por la cocina como una perra mientras la azotaba, pero procurando no hacerle demasiado daño ni dejarle marcas en el precioso trasero. Debajo de la mesa, abuela se la acarició y se la metió en la boca, algo en lo que ya era una experta, pero de vez en cuando paraba para preguntarle si era una buena puta y cuánto llevaba ganado, y le entraron ganas de no dejar nunca de jugar a la Casa de Citas.

Habían jugado mucho rato; después, abuelo se puso a fumar su pipa, y entonces ella se acurrucó en la orilla opuesta de la cama y, como siempre, se durmió.

13

En cambio, con el Veterano, por las noches estaba tan emocionada, seguramente por haber descubierto la famosa cosa principal, que se quedaba despierta y aprovechaba cualquier resplandor en la oscuridad para contemplar lo guapo que era, y cuando él se estremecía de miedo, como si estuviera oyendo un disparo o las bombas que caían sobre el buque y lo partían en dos, lo rozaba apenas con un dedo y el Veterano, sin despertarse, le respondía atrayéndola hacia él y no se separaba de ella ni siquiera cuando dormía. Entonces abuela se armaba de valor, y hecha un ovillo se arrimaba a la curva de su cuerpo y ella sola se ponía el brazo del Veterano alrededor de los hombros y la mano sobre la cabeza, y la impresión que le causaba esta postura, nunca antes ensayada, era tan grande que no conseguía resignarse a esa cosa, según ella sin sentido, que es dormirse cuando se es feliz. Cabía preguntarse entonces si los enamorados vivían así. Y si era posible. Y si, llegado el momento, no decidían también comer y dormir.

El Veterano se había quedado con el cuaderno negro de bordes rojos, lo estaba leyendo y era un profesor muy exigente, porque por cada falta de ortografía, por cada repetición de la misma palabra, o por errores de distinto tipo, le daba un azote en el culo y la despeinaba y después quería que ella lo reescribiese todo. «Esto no está *bieen*, esto no está *bieen*», repetía con aquella «e» cerrada de Génova y de Milán y abuela no se ofendía, al contrario, se divertía en grande. También le gustaba con locura la música, cuando él le tarareaba piezas clásicas con todos los instrumentos y luego, pasado un tiempo, se las volvía a tararear y ella acertaba el título y el autor, o le cantaba las óperas con las voces de los hombres y de las mujeres, o le recitaba poemas, por ejemplo los de un tipo con el que el Veterano había ido a la escuela, Giorgio Caproni, que a abuela le gustaban muchísimo porque tenía la sensación de encontrarse en Génova, donde no había estado nunca, aunque le parecía que aquellos lugares de los poemas se asemejaban a Cagliari. Tan *vertical* que cuando llegas al puerto desde el mar –a ella le había pasado una vez en una barcaza durante el regreso de la estatua de Sant'Efisio– tienes la impresión de que las casas están construidas una encima de la otra. Cagliari: como la Génova descrita por el Veterano y por aquel amigo suyo, o por aquel otro pobrecito, el tal Dino Campana que se había muerto en el manicomio, *oscura* y *laberíntica* y *misteriosa* y *húmeda*, que a través de imprevistos e inesperados pasajes se abre hacia la gran *luz mediterránea*, cegadora. Entonces, aunque tengas prisa, no puedes dejar de asomarte desde una tapia, o desde una barandilla de hierro, para disfrutar del cielo, el mar y el sol *riquísimos*. Y si miras hacia abajo ves los tejados, las terrazas con geranios, la ropa interior tendida, los agaves en las cuestas y la vida de la gente, que parece realmente pequeña y fugaz, pero también alegre.

De las prestaciones de abuela, la preferida del Veterano era la geisha, la más difícil. Porque con abuelo se las arreglaba contándole lo que iban a cenar, pero el Veterano quería prestaciones sofisticadas como por ejemplo la descripción de la playa del Poetto, de Cagliari y de su pueblo, e historias de su vida diaria y de su pasado, y de las emociones que había sentido en el interior del pozo, y le hacía un montón de preguntas y quería respuestas detalladas. De esa manera, mi abuela salió de su mutismo, le tomó el gusto y no paraba de hablar de las dunas blanquísimas del Poetto y de su caseta de rayas blancas y celestes, si ibas a verla en invierno, después del viento, para comprobar si seguía en pie, las montañas de arena nívea te impedían entrar, y si las mirabas desde la rompiente, parecían formar parte de un paisaje cubierto de nieve, sobre todo si el frío era intenso y llevabas guantes, gorrito de lana y abrigo, y todas las ventanas de las casetas estaban cerradas. Solo que las casetas eran de rayas azules, anaranjadas, rojas, y el mar, aunque lo tuvieras detrás, se notaba que estaba, vaya si se notaba. Pero en verano iban a la playa de vacaciones con las vecinas y sus niños, y llevaban todo lo necesario en un carrito. Ella se ponía un vestido abrochado delante, especial para la playa, con grandes bolsillos bordados. Pero los hombres, cuando iban los domingos o festivos, vestían unos pijamas o albornoces de toalla, y todos se habían comprado gafas de sol, incluido abuelo, que siempre había dicho que las gafas de sol eran para los que ¡daban ganas de cagar![21]

[21] *ta gan'e cagai* (en sardo meridional). Expresión utilizada para referirse a quien se da aires de importancia.

Cómo le gustaban Cagliari, el mar y su pueblo, con su mezcla de olor a leña, chimenea, bosta de caballo, jabón, trigo, tomates, pan caliente.

Pero no tanto como él, como el Veterano. Él le gustaba más que cualquier otra cosa.

Con él no se avergonzaba de nada, ni siquiera de hacer pis juntos para echar las piedras, y como durante toda su vida le habían dicho siempre que estaba en la luna, le pareció haber encontrado al fin a alguien que estaba en el mismo lugar que ella, y esa era la cosa principal de la vida, la que le había faltado siempre.

De hecho, después de las curas con aguas termales, abuela no volvió a garabatear las cenefas a media pared, que todavía se conservan aquí, en la calle Manno, tampoco volvió a arrancar los bordados, que siguen en los bolsillos de mis guardapolvos de niña y que, si Dios quiere, y espero de veras que quiera, coseré en los de mis hijos. Y al embrión de mi padre tampoco le faltó lo principal.

El cuadernito se lo regaló al Veterano, porque ya no iba a tener tiempo para escribir. Había que empezar a vivir. Porque el Veterano fue un instante, y la vida de abuela, muchas cosas más.

14

Cuando regresó a casa y se quedó embarazada enseguida, en todos esos meses no tuvo un solo cólico renal, la barriga le crecía y abuelo y las vecinas no la dejaban hacer nada y la trataban como los tallos nuevos del trigo.[22] Mi padre tuvo una cuna de madera celeste que se mecía y un ajuar hecho en el último momento, para evitar influjos maléficos, y cuando cumplió un año, el abuelo quiso una fiesta a lo grande en la cocina de la calle Sulis, con mantel bordado a mano en la mesa, y compró una cámara de fotos y probó por fin, pobrecito, un pastel de cumpleaños de veras feliz, al estilo americano, de

[22] *cummenti su nènniri.*

bizcocho con chocolate, capas de nata casi sólida y velita. Abuela no sale en las fotos. Se metió corriendo en su dormitorio a llorar de emoción, porque habían empezado a cantar el «Cumpleaños feliz». Y cuando fueron todos para convencerla de que volviera, seguía diciendo que no podía creer que de ella hubiese salido un niño y no solo piedras. Y seguía llorando a lágrima viva; con toda seguridad sus hermanas, que habían venido expresamente del pueblo, y abuelo esperaban de ella algún disparate que permitiera a toda esa gente enterarse de que abuela había estado loca. Pero abuela se levantó de la cama, se secó las lágrimas, volvió a la cocina y tomó en brazos a su niño. En las fotos no sale porque tenía los ojos hinchados y se sentía fea, y para el primer cumpleaños de su hijo quería estar guapa.

Después, abuela volvió a quedarse embarazada varias veces, pero todos los que habrían sido hermanos de mi padre no quisieron nacer porque, evidentemente, les faltaba la famosa cosa principal, y al cabo de los primeros meses se marchaban por donde habían venido.

En 1954 se vinieron a vivir a la calle Manno. Fueron los primeros en marcharse de la casa compartida de la calle Sulis, y aunque la calle Manno está al lado, la echaban de menos. Por eso, los domingos abuelo invitaba a los antiguos vecinos y en la parrilla de la terraza asaba pescado o salchichas y tostaba pan con aceite, y cuando hacía buen tiempo, sacaban las mesas y las sillas de picnic, las mismas que después, en verano, llevaban a la caseta del Poetto. Abuela enseguida le tomó cariño a la calle Manno, es más, ya la quería antes de que construyeran la casa, desde cuando iba a ver el enorme agujero y las montañas de escombros. La terraza no tardó en convertirse en jardín. Recuerdo la parra virgen y la hiedra que trepaban por el muro del fondo, los geranios dispuestos por colores, los violeta, los rosados, los rojos. En primavera florecía el bosquecillo amarillo de retama y fresias; en verano, las dalias y los jazmines perfumados y las buganvillas; en invierno, los espinos de coral daban muchas bayas rojas que usábamos como adornos en Navidad.

Cuando soplaba el viento maestral, nos cubríamos la cabeza con pañuelos y subíamos corriendo a salvar las plantas arrimándolas a las paredes o tapándolas con celofán, a las más delicadas, las metíamos en casa hasta que el viento dejaba de soplar y arrastrarlo todo.

15

Algunas veces he llegado a pensar que el Veterano no quería a abuela. No le había dado su dirección, pero él sabía dónde vivía ella y nunca le había mandado siquiera una mísera postal, bastaba con que firmara con nombre de mujer, abuela habría reconocido su letra por los poemas que conservaba. El Veterano no quería volver a verla. Seguro que él también pensó que estaba loca y tuvo miedo de encontrársela un día en la escalera de su casa, o en el patio, esperándolo, sin importar el tiempo que hiciera, bajo la lluvia, envuelta en la niebla, o empapada en sudor si hubiese sido uno de esos veranos bochornosos y sin viento de Milán. O a lo mejor no. Tal vez la amaba de verdad y no quería que ella cometiera la locura de abandonar por él todas las otras cosas de su mundo. ¿Para qué dar señales de vida y echarlo todo a perder? Presentarse delante de ella y decirle: «Aquí me tienes, soy la vida que habrías podido vivir y no has vivido». Y mortificarla, pobre mujer. Como si ya no hubiese sufrido bastante, allá arriba, en el granero, cortándose los brazos y el pelo, o en el pozo, o pasando los famosos miércoles con la vista clavada en el portón. Y para hacer semejante sacrificio, quitarte de en medio por el bien de la otra persona, tienes que quererla de verdad.

16

Me he preguntado, sin atreverme a contárselo nunca a nadie, naturalmente, si el Veterano no sería el verdadero padre de mi padre, y cuando cursaba el último año de bachillerato y estudiábamos la Segunda Guerra Mundial y el profe preguntaba si alguno de nuestros abuelos había ido a la guerra y en qué circunstancias, de forma instintiva a mí me salía contestar que sí. Mi abuelo era teniente de navío en el acorazado *Trieste*, III División Naval de la Marina Real; en marzo de 1941 participó en el infierno de Matapán, naufragó cuando el *Trieste* fue hundido por el III Escuadrón de B17 del Grupo 98, en la bahía de Mezzo Schifo, en Palau, y esa fue la única vez que abuelo vino a Cerdeña y nuestro mar lo vio ante todo con olas enrojecidas por la sangre. Después del armisticio los alemanes lo hicieron prisionero a bordo del crucero ligero *Jean de Vienne*, conquistado por la Marina Real en 1942, y lo deportaron al campo de concentración de Hinzert, hasta que en el invierno de 1944 los alemanes se replegaron hacia el este, cuando todo estaba helado y cubierto de nieve, y si no marchabas te disparaban o te partían la cabeza con la culata del fusil; por suerte, los alcanzaron los aliados, y un médico americano le amputó la pierna. Pero mi abuelo siguió siendo un hombre guapísimo, según decía abuela, digno de ser contemplado a hurtadillas, los primeros días en el Balneario, mientras leía, con ese cuello de muchacho inclinado sobre el libro y esos ojos luminosos, esa sonrisa, esos brazos fuertes, con las mangas de la camisa arremangadas, y esas manos tan grandes e infantiles que podían ser las de un pianista... Como para sentir nostalgia el resto de tu vida. Y la nostalgia es una cosa triste, aunque también un poco feliz.

17

Con los años, abuela volvió a enfermar de los riñones y cada dos días yo iba a buscarla a la calle Manno y la llevaba a la sesión de diálisis. Como no quería molestarme, me esperaba en la calle, con una bolsa en la que llevaba el camisón, las pantuflas y un chal, porque después de la diálisis siempre tenía frío, aunque fuera verano. Conservaba la tupida cabellera negra, los ojos intensos y la dentadura completa, pero tenía los brazos y las piernas cubiertos de pinchazos por el gota a gota, la piel se le había puesto amarillenta y estaba tan delgada que, en cuanto se sentaba en el coche y se ponía el bolso sobre el regazo, a mí me daba la impresión de que aquel objeto, que no pesaría más de trescientos gramos, podía aplastarla.

Un día que le tocaba diálisis no la encontré en el portón; pensé que tal vez estuviese más débil de lo habitual, así que subí corriendo los tres pisos por las escaleras, para ahorrar tiempo, ya que en el hospital los horarios del tratamiento eran estrictos. Toqué el timbre y no contestó, temí que se hubiese desmayado y entonces abrí con mis llaves. Estaba acostada tranquilamente en la cama, lista para marcharse, con la bolsa encima de la silla, se había quedado dormida. Intenté despertarla, pero no hubo manera. Me entró una gran desesperación porque mi abuela se había muerto. Me pasé un buen rato al teléfono y solo recuerdo que quería llamar a alguien que la resucitara; tuvieron que emplearse a fondo para convencerme de que ningún médico podía hacerlo.

Solo cuando ella murió supe que quisieron internarla, que antes de la guerra mis bisabuelos se habían venido del pueblo a Cagliari en autobús, y que el manicomio en el Monte Claro les había parecido un sitio adecuado para su hija. Mi padre no se enteró nunca de estas cosas. Mis tías abuelas se las contaron a mamá antes de que se casara con papá. La invitaron al pueblo para hablarle muy en secreto y ponerla al corriente del tipo de sangre que corría por las venas del muchacho que amaba y con el que iba a tener hijos. Asumían aquel penoso deber en vista de que su cuñado no había tenido la cortesía de contárselo a su futura nuera, aunque lo sabía desde el principio, y a pesar de que aquel mes de mayo, cuando llegó al pueblo como refugiado, había visto cosas como para ponerse de mil colores.[23] No era por criticarlo, era un buen hombre, y aunque fuese comunista, ateo y revolucionario, para la familia de ellas había sido

[23] *de dognia colori.*

mano de santo, porque hizo el sacrificio de casarse con abuela, que padecía de mal de piedra, el mal menor, porque el peor lo tenía en la cabeza,[24] y cuando abuela se marchó por fin, a ellas, pobrecitas, les salieron pretendientes, y pudieron volver a la vida normal sin aquella hermana que, muchas veces, se encerraba allá arriba, en el granero, y se cortaba el pelo de una manera... Ni que fuera sarnosa.

Podían entender que el cuñado no le hubiese contado nada al hijo, total, lo de su sangre ya no tenía remedio, pero era justo que ella, una muchacha sana, lo supiese. Así, sentada en el banco con respaldo, delante de los dulces sardos y el café servido en las tazas llenas de filetes dorados, mi madre escuchó el relato de sus futuras tías.

A sus padres, el manicomio les había parecido un lugar bonito para abuela, en la colina había un bosque enorme y tupido de pinos ma-

[24] *de su mali de is pèrdas, sa minor cosa, poita su prus mali fiara in sa conca.*

rítimos, árboles del paraíso, cipreses, oleandros, retamas, algarrobos, y también había calles arboladas que abuela podía recorrer de arriba abajo. Además, no se trataba de un único edificio lúgubre, de esos que quizá podían darle miedo, sino de una serie de casitas de principios del siglo XX, bien cuidadas, rodeadas de jardín. A abuela la iban a poner en la sala llamada de los Tranquilos, una casita de dos plantas con una vidriera elegantísima en la entrada, una sala de estar, dos comedores, ocho dormitorios; de no haber sido por las escaleras encajadas entre paredes, nadie habría dicho que los que vivían allí estaban locos. Como abuela era de los tranquilos, podría salir, y a lo mejor también podía entrar en el chalet de la Dirección, que tenía una biblioteca y una sala de lectura donde podría escribir y leer a su antojo novelas y poemas, pero, eso sí, bajo control. Y no tendría contacto con las otras casas de los Semiagitados y los Agitados y nunca le ocurrirían cosas terribles como que la encerraran en las celdas de aislamiento o la ataran a la cama. En el fondo, en casa era peor, porque cuando le daban las crisis de desesperación y quería matarse, había que salvarla de alguna forma. Y cómo hacerlo sino encerrándola en el granero, donde habían tenido que poner una ventana con rejas, o atándola a la cama con trapos. En cambio, en los chalecitos del manicomio no había rejas. El tipo de ventana era el mismo que un tal doctor Frank había mandado colocar en el manicomio de Musterlinger, provista de cerradura de pestillo y vuelta de llave, y con refuerzo de hierro en los cristales, pero no se notaba. Los padres se llevaron el impreso de solicitud para ingresar a los locos en el manicomio de Cagliari, pero antes de hacer nada tendrían que convencer a abuela para que se sometiera a la revisión médica y ellos mismos querían pensarlo un poco, la cuestión es que después Italia entró en guerra.

Pero en casa no podían tenerla, y aunque nunca había hecho daño a nadie, más que a sí misma y a sus cosas, y no era peligrosa, en el pueblo todos señalaban la calle donde vivían diciendo: Allá, donde vive la loca.[25]

Abuela siempre los hacía avergonzar, desde aquella vez en la iglesia cuando había visto a un muchachito que le gustaba y no paraba de darse la vuelta hacia los bancos de los varones para sonreírle y mirarlo con fijeza, y el muchachito se reía burlonamente. Abuela se quitó las horquillas y el pelo se le soltó como una nube negra y brillante que parecía un arma seductora del diablo, una especie de brujería. Mi bisabuela salió corriendo de la iglesia sacando a rastras a la que entonces todavía era su única hija, que gritaba: «¡Pero lo quiero y él también me quiere!». Apenas cruzó el portón de la casa empezó a azotarla con todo lo que encontró a mano, cinchas para los caballos, cinturones, peroles, sacudidores, cuerdas para el pozo, le pegó tal paliza que la niña, de tan destrozada que estaba,

[25] *Inguni undi biviri sa macca.*

quedó como una muñequita que se desmonta nada más tocarla. Después llamó al cura para que le quitara el demonio del cuerpo, pero el cura la bendijo y le comentó que era una niña buena y que no llevaba encima ni sombra del diablo. Para justificar a su hija, mi bisabuela contaba esta historia a todo el mundo, para que entendieran que estaba loca pero que era buena, y que en su casa no había peligro. Aunque, eso sí, por seguridad, de vez en cuando la sometió a algún que otro exorcismo hasta que se casó con abuelo. La enfermedad de abuela podía definirse como una especie de locura amorosa. En el sentido de que bastaba con que un hombre agradable cruzara el portal de su casa y le sonriera, o que la mirara tan solo –y dado que era una verdadera belleza era algo que podía ocurrir–, para que ella lo considerara automáticamente un pretendiente. A partir de ese momento esperaba una visita, una declaración de amor, una propuesta de matrimonio, y escribía siempre en aquel maldito cuaderno, que buscaron para llevárselo al médico del manicomio, pero no hubo manera de encontrarlo. La cuestión es que nadie llegaba nunca a solicitarla en matrimonio y ella se quedaba esperando con la vista clavada en el portón, sentada en el banco con respaldo de la galería, luciendo sus mejores galas, pendientes incluidos, preciosa, porque de verdad lo era, y sonriendo distraídamente como si no entendiera nada, como si acabara de bajar de la luna, ese lugar donde parecía estar siempre. Más tarde su madre descubrió que escribía cartas y poemas de amor a esos hombres, y cuando abuela comprendía que esos hombres no volverían nunca, empezaba la tragedia, gritaba, se tiraba al suelo, quería quitarse la vida, destruir todas las cosas que había hecho, y entonces había que atarla a la cama con trapos. Ahora bien, pretendientes no tuvo nunca, a ninguno de los del pueblo se le habría ocurrido nunca pedir la mano de mi abuela, así que no quedaba más remedio que rogar a Dios para que, pese a la vergüenza de que hubiera una loca en la familia, alguien quisiera a las otras hermanas.

Aquel mes de mayo de 1943 el cuñado, refugiado, sin casa y con la herida abierta por la pérdida reciente de su mujer, había visto cosas para ponerse de mil colores y no hubo necesidad de explicarle nada, porque justo en primavera era cuando abuela se ponía peor. En las demás estaciones estaba más tranquila, sembraba flores en los parterres, trabajaba en el campo, hacía pan y sus bordados de punto de cruz, limpiaba el suelo de cerámica de la galería con un cepillo, mimaba a las gallinas y a los conejos y les daba de comer, y pintaba a media pared unas cenefas tan bonitas que los vecinos la llamaban y se las encargaban para tenerlas listas en primavera. Mi bisabuela se ponía contentísima de que aceptaran que su hija fuera a trabajar a sus casas y la tuvieran ocupada mucho tiempo, y ni siquiera quería que le pagaran, pero a las tías abuelas eso no les parecía justo. Los primeros días de la evacuación, durante la cena, delante del plato de sopa, abuelo les habló de lo que había pasado con la casa de la calle Manno, de las bombas, de la muerte de sus familiares, que el 13 de mayo se habían reunido todos por su cumpleaños, y de su mujer, que le había prometido un pastel; él estaba a punto de llegar cuando sonó la alarma, y entonces pensó que iba a encontrarlos en el refugio subterráneo de los jardines públicos, pero en el refugio no había ni rastro de sus familiares. Abuela se levantó por la noche, arrancó sus bordados de punto de cruz y los hizo trizas, luego llenó de horribles garabatos las pinturas a media pared, y se restregó la cara y el cuerpo con rosas llenas de espinas que se le clavaron por todas partes, hasta en la cabeza.

Al día siguiente, el futuro cuñado de mis tías abuelas intentó hablar con abuela, y como se había encerrado en el establo, donde estaba el estiércol, le hablaba desde el patio, a través de la puerta de madera, y le decía que la vida es así, que está llena de cosas horribles, pero también hermosísimas, como por ejemplo las cenefas y los bordados que había hecho ella, ¿por qué los había destrozado? Por extraño que pareciera, desde ahí dentro, en medio de aquel hedor, abuela le contestó:

–Mis cosas parecen bonitas, pero no es cierto. Son feas. Tendría que haberme muerto yo. No su mujer. Su mujer tenía la cosa principal que hace que todo sea hermoso. Yo no. Yo soy fea. Aquí es donde me corresponde estar, entre el estiércol y la basura, y nada más. Tendría que haberme muerto yo.

–Según usted, señorita, ¿cuál sería esa cosa principal? –le preguntó abuelo.

Pero desde el establo no se oyó nada más. Años después, cuando perdía a los niños en los primeros meses de embarazo, decía lo mismo, que total ella no sería una buena madre porque le faltaba la cosa principal y que sus hijos no nacían porque a ellos también les faltaba esa misma cosa, y entonces se encerraba en sí misma y volvía a estar otra vez en la luna.

Al finalizar su relato, las futuras tías acompañaron a mamá hasta la parada del coche de línea, y después de entregarle unos paquetitos con dulces, salchichas y pan *civraxiu* y de acariciarle la larguísima cabellera lacia, como se llevaba entonces, mientras esperaban el coche de línea, por cambiar de tema, le preguntaron qué quería hacer en la vida.

–Tocar la flauta –contestó mamá.

De acuerdo, pero ellas se referían a un trabajo, un trabajo de verdad.

–Tocar la flauta –repitió mi madre.

Entonces, por la forma en que mis tías abuelas se miraron se entendió a la perfección lo que estaban pensando.

18

Mamá me contó estas cosas después de la muerte de abuela. Se las guardó para ella, y nunca tuvo miedo de dejar que me criara su suegra, por la que sentía adoración. Al contrario, ella cree que debemos estar agradecidos a abuela por cargar sobre su espalda con el desorden que, tal vez, nos habría tocado a mí o a papá. De hecho, según mamá, en las familias siempre hay alguien que carga con el desorden, porque la vida es así, un equilibrio entre esos dos opuestos, de lo contrario el mundo se agarrota y se detiene. Si por las noches dormimos sin pesadillas, si el matrimonio de papá y mamá ha estado siempre libre de choques, si me caso con mi primer novio, si no tenemos crisis de pánico ni intentamos suicidarnos, ni echarnos a los contenedores de basura, ni desfigurarnos, el mérito es de abuela, que pagó por todos. En cada familia siempre hay alguien que paga su tributo para que se mantenga el equilibrio entre el orden y el desorden y para que el mundo no se detenga.

Mi abuela materna, la señora Lia, por ejemplo, no era mala. Intentó por todos los medios poner orden en su vida, pero nunca lo consiguió y por eso causó daños peores. Eso de que era viuda era un cuento, y mamá no llevaba el mismo apellido que su madre por ser hija de un primo de la señora Lia. Ni siquiera se había marchado de Gavoi porque Gavoi fuese un pueblo feo y no tuviera mar. Mamá lo supo todo desde pequeña, pero la señora Lia se empecinó en contarle a la gente lo del primo apellidado igual que ella, y entonces, cada vez que había que presentar algún documento, surgía el miedo de que quien lo hubiese leído se fuera de la lengua, por eso había que tratar a pocas personas, no dar confianza a nadie y hacer regalos a las maestras, o a los médicos, o a quien conociera la verdad para que no se fueran de la lengua.

Y cuando alguien hablaba de las madres solteras y las tachaba de yeguas,[26] la señora Lia empleaba esa misma palabra, y al llegar a casa, mamá se encerraba en su cuarto a llorar.

Después, mamá tuvo su flauta, su música y a mi padre, y ya no le importó nada de nada. En cuanto empezó a salir con papá, cambió de familia, porque esa sí que era una verdadera familia y abuelo fue para ella el padre que nunca había tenido. Iba al campo a buscarle espinacas y espárragos silvestres, le preparaba mejillones porque le faltaba hierro, y cuando iba al manantial de Dolianova a aprovisionarse de agua para abuela, que volvía a sufrir de los riñones, reco-

[26] *eguas*. En sentido figurado: putas.

rría todas las granjas y compraba todos los alimentos sanos que no se encuentran en la ciudad, y volvía con huevos frescos, pan hecho en horno de leña, fruta sin pesticidas. A veces mamá acompañaba a abuelo y un día se encariñó con un pollito que se había quedado sin madre, ni hermanos ni hermanas, y abuelo y abuela dejaron que se lo llevara a casa. El gallito Niki se convirtió en uno más de la familia, fue el único animal de compañía que tuvo mamá, porque cualquiera llevaba un animalito a casa de la señora Lia. Cuando papá no estaba, y papá no estaba nunca, abuelo la llevaba en coche a todas partes, y si ella tardaba y oscurecía, se quedaba sentado en el sillón, completamente vestido, listo para ir a buscarla si hacía falta.

Por supuesto que la abuela Lia no se había ido porque Gavoi fuese un pueblo feo, y tampoco se había peleado nunca con su familia.

Gavoi es un pueblo de montaña precioso. Las casas son altas, de dos o tres plantas, suelen estar una pegada a la otra, y algunas están como colgadas entre dos, apoyadas sobre una viga horizontal, y debajo hay patios abiertos y casi oscuros, repletos de flores, sobre todo hortensias, que necesitan sombra y humedad. Desde algunos lugares del pueblo se ve el lago de Gusana, que cambia de color varias veces al día pasando del rosa al celeste ceniciento, luego al rojo y al violáceo, y si subes al monte Gonari y el cielo está despejado, ves el mar del golfo de Orosei.

Huyó de aquel pueblo. A los dieciocho años. Embarazada de un criado pastor que había trabajado para su familia y que a principios de los años cincuenta había emigrado al Continente, pero en cuanto se enteró de la reforma agraria y del Plan de Reactivación regresó con la esperanza de poder vivir bien también en Cerdeña; volvió con una esposa continental completamente desarraigada y unos pocos ahorros para comprar tierras propias adonde llevar sus ovejas sin tener que pagar arrendamiento.

El año en que la señora Lia se fugó cursaba el bachillerato clásico en Nuoro, tenía que hacer el examen de acceso a la universidad y le iba estupendamente en los estudios. En Cagliari encontró trabajo de asistenta y llevaba a mamá recién nacida a las monjas. Cuando su hija creció un poco, retomó los estudios para conseguir el diploma. Estudiaba de noche, a la vuelta del trabajo, cuando mamá dormía. Dejó de servir y se colocó de empleada, llegó incluso a comprarse una casa, fea pero limpia y ordenada, y además, suya. Un roble, su madre. Una roca de nuestro granito. Jamás se quejó de su vida cenicienta después de aquella única chispa, de aquella vida de la que tantas veces le había hablado a su hija, porque desde niña, mamá quiso saber quién era su padre, y en lugar de un cuento de hadas, abuela Lia le contaba la historia de aquella mañana en la que había perdido el coche de línea para Nuoro, el mismo que desde Gavoi tomaba también su padre para ir al campo, y la había encontrado allí, en la parada, llorando desconsolada, porque era una chica aplicada, incluso un poco empollona. Era un hombre de una belleza intensa y singular, bueno, honrado e inteligente, pero por desgracia ya estaba casado.

–Bueños días, doña Lia.

–¡Buenos días!

Y al alba cruzaron las soledades salvajes, fue como si cayeran en un torbellino de locura y la felicidad fuese algo posible. A partir de entonces, doña Lia perdió el coche de línea con mucha frecuencia. Se había marchado sin decirle que estaba embarazada, porque no quería llevar la ruina al mundo de aquel pobrecillo, casado con aquella esposa continental desarraigada, que en Gavoi ni siquiera conseguía tener niños.

Dejó una carta a su familia, les pedía que no se preocuparan, que la perdonaran, pero estaba harta de Gavoi y de Cerdeña, necesitaba irse a otro lugar, lo más lejos posible, a lo mejor a la Costa Azul o a la Liguria, ellos ya la conocían, siempre que podía se iba para el monte Gonari con la esperanza de ver el mar. Al principio telefoneaba casi todos los días sin decir dónde estaba. La hermana mayor, que le había hecho de madre porque la verdadera se había muerto de parto al nacer la abuela Lia, lloraba y le decía que a su padre le daba vergüenza salir a la calle, que sus hermanos amenazaban con ir a buscarla hasta el fin del mundo y que cuando la encontraran la iban a matar. No volvió a telefonear. Terminó para siempre con el amor y los sueños. Y después de conseguir el diploma, como ya no tenía que estudiar más, terminó también con la literatura y con cualquier expresión artística. Cuando mamá quiso tocar la flauta, lo aceptó únicamente con la condición de que solo fuera un pasatiempo, para distraerse un poco de las cosas realmente importantes.

Después de morir la señora Lia, todavía joven pero con las glándulas linfáticas duras como piedras y la sangre tan aguada que tuvo que hacerse quimioterapia y no salía a la calle porque le daba vergüenza que la vieran con el pañuelito en la cabeza, mamá se empeñó en buscar a su padre. Su madre nunca quiso decirle cómo se llamaba, pero con un plan organizado podía encontrarlo. Papá le dijo que no era buena idea, que no hay que poner orden en las cosas, sino contribuir al jaleo universal y llevar el compás. Pero ella era terca como una mula, y así, para evitar las horas de más calor, partieron en busca de mi abuelo materno, a primera hora de una mañana de verano. Durante el viaje, mamá decía tonterías, como por ejemplo que se sentía una recién nacida en brazos de su papá, no paraba de reírse y Gavoi le pareció precioso, mejor que todos los demás lugares donde había estado para los conciertos de papá, mejor que París, Londres, Berlín, Nueva York, Roma, Venecia. No había nada más bonito que Gavoi.

Se habían inventado una historia, iban a decir que eran investigadores que preparaban un estudio y recogían testimonios sobre la primera oleada de emigrantes sardos, y mamá llevaba cuaderno y grabadora y se había hecho un cartelito con un apellido falso. Entraron en un bar, en una farmacia, en una tabaquería, donde la gente se mostraba recelosa y ponía todo tipo de reparos, pero luego, al ver el aspecto limpio que tenían, se tranquilizaba, y papá y mamá podían preguntar sobre las familias más acomodadas, las que habían tenido criados pastores; la más rica había sido, y seguía siendo, precisamente la de la abuela Lia. En la casa grande ahora vivían su hermana mayor con la hija, el yerno y los nietos. Y cabían todos. Mamá se sentó en el escalón de la casa de enfrente y no paraba de mirar. Era una de las casas solariegas más bonitas del pueblo, una construcción de granito, de tres plantas, formada por un cuerpo central que daba al camino, y dos alas laterales que daban a dos calles ascendentes. En la planta baja había doce ventanas cerradas, y un portón de madera maciza, de color verde oscuro, con aldabas de latón. En la primera planta, en el balcón central, había una puerta ventana grande, también cerrada. La tercera planta estaba llena de vidrieras cuyas cortinas tupidas y bordadas impedían ver el interior. Mamá seguía mirando la casa fijamente y no conseguía imaginarse a su madre metida allí dentro, en aquel ambiente de ricos, con lo pobre que había sido siempre porque la mitad del sueldo se le iba en pagar la hipoteca. En una de las dos alas laterales de la casa, la que daba a una calle cuesta arriba, se encontraban la entrada de servicio, una verja y, en la parte interior, un jardín con rosales silvestres, limoneros, laureles, hiedras, y en ese lado las ventanas estaban llenas de geranios rojos. En los escalones había juguetes, un camioncito con remolque de volquete, una muñeca en un cochecito. Mamá se quedó hipnotizada hasta que papá le dijo:

–Vamos.

A mi tía abuela materna la puso sobre aviso el farmacéutico. Abrió la puerta una asistenta seguida de dos niños; la mujer les pidió que la acompañaran al piso de arriba, donde la señora los esperaba. La escalera de piedra pulida estaba a oscuras, pero en la sala donde los esperaba la tía había mucha luz, era la de la puerta ventana que daba al balcón.

–Son los niños de mi hija –dijo–, me los dejan cuando se van a trabajar.

Mamá había perdido el uso de la palabra. Papá interpretó su papel y dijo que trabajaba con su colega, allí presente, del Instituto de Historia de Cagliari, que estaba haciendo el trabajo de campo para la tesis de licenciatura sobre la primera oleada de emigrantes sardos, la de los años cincuenta.

Dado que su familia seguramente había tenido siervos pastores a su servicio, ¿sería tan amable de indicarle alguno que se hubiese marchado al Continente por esa época y contarle su historia?

Mi tía abuela era una señora guapa, morena, esbelta, elegante pese a estar en casa, sus facciones eran regulares, llevaba el cabello suave recogido en la nuca y pendientes sardos, de esos que parecen botones. La asistenta, siempre seguida por los niños, que enseñaron a las visitas el equipo de cubos, manguitos de goma y barquita y les contaron que la semana siguiente se iban a la playa, les llevó una bandeja con café y unas pastas sardas de desayuno.

–¡Seréis traviesos! –les dijo la abuela sonriendo con ternura–, dejad en paz a los invitados, que están aquí para estudiar... De los nuestros solo uno se fue a trabajar a Milán en 1951, un buen muchacho, llevaba con nosotros desde niño. Los otros se marcharon más tarde, en los años sesenta. Pero después volvió, compró unas tierras y algunas ovejas.

–¿Y ahora dónde está? –intervino mamá por primera vez.

–¡Alma mía! –contestó mi tía abuela–, se tiró al pozo. Estaba casado con una del Continente, no tenían hijos. Después de la desgracia ella se volvió al norte, ni siquiera lloró su muerte.

–¿Y cuándo ocurrió? –le preguntó papá con un hilo de voz.

–En 1954. Me acuerdo bien porque fue el año en que murió mi hermana Lia, la más pequeña.

Y les señaló la foto de una muchacha de aspecto romántico que había encima del aparador, al lado de un jarrón con flores frescas.

–Nuestra poetisa –añadió. Y recitó de memoria unos versos–: «Mi espera despierta angustiada a los golpes azules de la primavera, después de permanecer, tímidamente, bajo la pálida luz del invierno. Mi espera no te entiende, no sabe hacerse entender, entre la dulzura amarilla e inquieta de las insolentes mimosas». Un poema de amor guardado en un cajón, vete a saber en quién estaría pensando, pobrecita niña.

Mamá no dijo ni una palabra hasta llegar a Cagliari y al final papá se lo preguntó:

–¿Crees que se habrá suicidado por tu madre? ¿No te parece increíble que de jovencita escribiera poemas?

Mamá se encogió de hombros como queriendo decir: «¡A mí qué!» o «¿Cómo quieres que lo sepa?».

19

Hoy he venido aquí, a la calle Manno, a hacer limpieza, porque en cuanto terminen las obras, me caso. Me alegro de que los albañiles estén restaurando la fachada, se caía a pedazos. Se ocupa de las obras un arquitecto medio poeta que respeta lo que el edificio ha sido. Es la tercera vez que nace; la primera, en el siglo XIX, era más estrecho, en cada planta tenía dos únicos balcones con barandilla de hierro forjado, las ventanas eran de esas altísimas, con dos hojas, tres cristales en la parte superior y postigos, el portón remataba en un arco adornado con estucos, ya por entonces el techo era en parte una terraza, y desde la calle Manno solo se veía la imponente cornisa. Hace diez años que nuestra casa está vacía, no la hemos vendido ni alquilado, por amor, y porque a nosotros no nos importa nada todo lo demás. Aunque, la verdad sea dicha, nunca estuvo vacía del todo. Al contrario.

Cuando vuelve a Cagliari, mi padre viene aquí a tocar su viejo piano, el de las señoritas Doloretta y Fanní.

Lo hacía incluso antes de que abuela muriera, porque mamá ensaya con la flauta, y entonces, en su casa, tienen que ponerse de acuerdo con los horarios. Papá recogía sus partituras y se venía aquí, y abuela se ponía a cocinar todas las cosas que a él le gustaban, pero después, a la hora de comer, llamábamos a la puerta y nos contestaba: «Gracias, enseguida voy, enseguida voy, empezad vosotras». Pero yo no recuerdo que después viniera a la mesa. Salía del cuarto solo para ir al lavabo, y si lo encontraba ocupado, por ejemplo por mí, que soy lenta en todo y en el lavabo ya ni te cuento, se cabreaba, él que era un tipo tranquilo, y decía que había ido a la calle Manno para tocar y que al final no había nada que funcionara como era debido. Cuando el hambre, sin horario alguno, se hacía notar con violencia, iba a la cocina, donde abuela solía dejarle el plato cubierto y una olla de agua al fuego para que se calentara la comida al baño María. Comía solo, tamborileando sobre la mesa con los dedos, como si solfeara, y si en una de esas nos asomábamos a la cocina para preguntarle algo, contestaba con monosílabos para que se nos quitaran las ganas de charlar y lo dejáramos en paz. Lo bonito era que siempre estábamos en pleno concierto y no en todas las casas se come, se duerme, se va al lavabo, se hacen los deberes, se ve la televisión sin el volumen puesto, mientras un gran pianista interpreta a Debussy, Ravel, Mozart, Beethoven, Bach y demás. Y aunque con abuela nos sentíamos más cómodas cuando papá no venía, era estupendo cuando estaba, y de pequeña, en honor a su presencia, yo le escribía algo, una redacción, un poema, un cuento.

Esta casa no se quedó vacía, además, porque vengo aquí con mi novio y siempre pienso que aún conserva la energía de abuela y que si hacemos el amor en una cama de la calle Manno, en este lugar mágico donde solo se oyen el ruido del puerto y los chillidos de las gaviotas, después nos amaremos para siempre. Porque en el fondo, a fin de cuentas, en el amor me parece que hay que encomendarse a la magia: en estas cosas no es que se pueda encontrar una regla por la que guiarse para que salgan bien, como por ejemplo unos Mandamientos.

En lugar de hacer limpieza, leer las noticias sobre la situación en Irak, con estos americanos que no se sabe si liberan u ocupan, en el cuaderno que siempre llevo conmigo escribo sobre abuela, el Veterano, su padre, su mujer, su niña, y también sobre abuelo, mis padres, las vecinas de la calle Sulis, las tías abuelas paternas y maternas, la abuela Lia, las señoritas Doloretta y Fanní, sobre la música, Cagliari, Génova, Milán, Gavoi.

Ahora que me caso, en la terraza vuelve a haber un jardín, como en tiempos de abuela. La hiedra y la parra virgen trepan por la pared del fondo, y siguen estando aquí los geranios agrupados por colores, los rojos, los violeta y los blancos, el rosal y la retama cargada de flores amarillas, la madreselva y las fresias, las dalias y el jazmín perfumado. Los albañiles impermeabilizaron la terraza y la humedad ya no hace que de los techos se desprenda el yeso y se nos caigan los trocitos en la cabeza. Encalaron los cuartos dejando intactas las cenefas de abuela a media pared, naturalmente.

Así es como encontré el famoso cuaderno negro de bordes rojos y una carta amarillenta del Veterano. No los encontré. Me los dio un albañil. Parte de las cenefas de la sala se había borrado, la pared estaba descascarillada. Habrá que olvidarse de las cenefas, me dije, hagamos el enlucido nuevo y pongamos un mueble delante. Abuela la agujereó justo en ese punto para esconder su cuaderno y la carta del Veterano, y después pintó encima, pero su trabajo no fue perfecto y las cenefas se estropearon.

20

«Estimada señora –dice la carta del Veterano–, me halaga usted y, en cierto modo, hace que me sienta un poco incómodo por todo lo que ha imaginado y escrito sobre mí. Me pide que valore su relato desde el punto de vista literario y se disculpa por las escenas amorosas que ha inventado, pero, sobre todo, por los aspectos verdaderos que ha escrito sobre mi vida. Dice que tiene la impresión de haberme robado algo. No, querida amiga mía, escribir sobre alguien como usted ha hecho es un regalo. Por mí no tiene que preocuparse en absoluto, el amor que ha inventado entre nosotros me conmovió y, mientras leía, me perdonará usted el descaro, casi lamenté que no hubiese existido de veras. Pero hablamos mucho. Nos hicimos compañía, y a veces, hasta nos reímos a carcajadas, a pesar de lo tristes que estábamos allá en el Balneario, ¿no es así? Usted, por esos niños que no querían nacer, yo, con mi guerra, mis muletas, mis sospechas. Llevábamos dentro demasiadas piedras. Me comenta que al volver de las curas termales se ha quedado otra vez embarazada, que ha recuperado la esperanza. Se lo deseo de todo corazón y me agrada pensar que la ayudé a expulsar las piedras y que nuestra amistad contribuyó, de algún modo, a que recuperase la salud y la posibilidad de tener hijos. Usted también me ayudó mucho, las relaciones con mi mujer y la niña han mejorado, estoy consiguiendo olvidar. Pero hay algo más. Me imagino que se reirá al leer lo que estoy a punto de escribirle: ya no voy tan desaliñado como hace unos meses en el Balneario. Se acabaron las sandalias y los calcetines de lana, se acabaron las camisetas y los pantalones arrugados. Usted me inventó con esa preciosa camisa blanca almidonada, los zapatos siempre bien lustrados, y me gusto de esa manera. Hace tiempo, yo era realmente así. En la Marina, pobre de ti si no estás siempre perfecto.

»Pero volvamos a su relato. No deje de imaginar. No está usted loca. No crea nunca más a quienes le dicen algo tan injusto y perverso. Escriba.»

Este libro ha sido impreso en los talleres
de Novoprint S.A.
C/ Energía, 53 Sant Andreu de la Barca
(Barcelona)